CARLOS RUIZ ZAFÓN

KSIĄŻĘ MGŁY

przełożyli
Katarzyna Okrasko
Carlos Marrodán Casas

Warszawskie Wydawnictwo Literackie MUZA SA

Tytuł oryginału: *El Príncipe de la Niebla*
Redakcja: *Marta Szafrańska-Brandt*
Redakcja techniczna: *Zbigniew Katafiasz*
Korekta: *Janina Zgrzembska*

ISBN 978-83-7758-377-7

Warszawskie Wydawnictwo Literackie
MUZA SA
Warszawa 2013

Mojemu Ojcu

Drogi Czytelniku!

Książę Mgły został opublikowany w roku 1992. Był to mój debiut powieściowy. Czytelnicy, którzy znają mnie przede wszystkim jako autora *Cienia wiatru* i *Gry Anioła*, mogą nie wiedzieć, że moje pierwsze cztery powieści zaklasyfikowane zostały jako literatura młodzieżowa. Choć powstały z myślą o młodym odbiorcy, miałem nadzieję, że przypadną do gustu wszystkim, bez względu na wiek. Bardzo chciałem napisać taką książkę, którą z przyjemnością sam bym przeczytał jako dzieciak, jako dwudziestotrzylatek, czterdziestolatek czy wreszcie sędziwy osiemdziesięciolatek.

Nadszedł wreszcie czas, gdy po wielu długotrwałych bataliach o prawa autorskie moje pierwsze książki mogły zostać udostępnione czytelnikom na całym świecie. Mimo iż od ich napisania minęło już tyle lat, powieści te wciąż cieszą się zainteresowaniem i ciągle, co mnie niepomiernie cieszy, przybywa im czytelników, zarówno młodych jak i dojrzałych.

Jestem głęboko przekonany, że istnieją opowieści o uniwersalnym przesłaniu. Dlatego wierzę, iż czytelnicy moich późniejszych powieści, *Cienia wiatru* i *Gry anioła*, zechcą sięgnąć również po te moje pierwsze książki, w których nie brak magii, mrocznych tajemnic i niezwykłych przygód. Oby tych przygód jak najwięcej w świecie literatury przeżyli moi nowi czytelnicy.

Z życzeniami bezpiecznej podróży

Carlos Ruiz Zafón

luty 2010

Rozdział pierwszy

Wiele lat musiało upłynąć, by Max zapomniał wreszcie owo lato, kiedy odkrył, właściwie przypadkiem, istnienie magii. Był rok tysiąc dziewięćset czterdziesty trzeci i dotychczasowy świat, targany wichrami wojny, nieuchronnie zmierzał ku katastrofie. W połowie czerwca, w dniu trzynastych urodzin syna, ojciec Maxa – zegarmistrz z zawodu, a w wolnych chwilach wynalazca – zebrał całą rodzinę w salonie, by obwieścić, że niestety muszą opuścić swój dom. Po dziesięciu latach tu spędzonych Carverowie mieli się przeprowadzić na wybrzeże, z dala od miasta i wojny, i zamieszkać tuż przy plaży, w małej rybackiej osadzie nad Atlantykiem.

Klamka zapadła. Mieli ruszyć w podróż nazajutrz o świcie. Do tego czasu musieli spakować wszystkie rzeczy i przygotować się do czekającej ich długiej podróży.

Rodzina przyjęła wieść bez najmniejszego zdziwienia. Niemal wszyscy przeczuwali, że myśl opuszczenia miasta w poszukiwaniu bezpieczniejszego miejsca chodziła po

głowie zacnemu Maximilianowi Carverowi już od dłuż-
szego czasu; wszyscy z wyjątkiem Maxa. Przejazd szalo-
nej lokomotywy przez sklep z chińską porcelaną byłby
niczym w porównaniu z efektem, jaki usłyszana właśnie
wiadomość wywarła na Maksie. Osłupiał, rozdziawił usta
i wybałuszył oczy. Poraziła go myśl, pewność, że cały jego
świat, wszyscy szkolni koledzy, cała podwórkowa pacz-
ka i narożny sklepik z komiksami, za chwilę zniknie na
zawsze. Jak za dotknięciem czarodziejskiej różdżki.

I choć reszta rodziny, nie zwlekając, zaczęła posłusznie się rozchodzić, by przystąpić do pakowania, Max stał
w miejscu ze wzrokiem wbitym w ojca. Zacny zegarmistrz przykucnął przed synem i położył mu dłonie na
ramionach. W spojrzeniu Maxa można było czytać jak
w książce.

– Teraz wydaje ci się, że to koniec świata. Miejsce, do
którego się udajemy, spodoba ci się. Uwierz mi. Na pewno z kimś się tam zaprzyjaźnisz, sam zobaczysz.

– To dlatego, że jest wojna? – zapytał Max. – Czy dlatego musimy stąd wyjechać?

Maximilian Carver uścisnął syna, a następnie, nie przestając się uśmiechać, wyciągnął z kieszeni przytwierdzo-
ny do łańcuszka błyszczący przedmiot i złożył go w dłoniach Maxa. Kieszonkowy zegarek.

– Zrobiłem go specjalnie dla ciebie, Max. Wszystkiego najlepszego w dniu urodzin.

Max otworzył srebrną klapkę zegarka. Na cyferblacie
każda godzina oznakowana była rysunkiem księżyca

zmieniającego fazy od nowiu do pełni w miarę przesuwania się wskazówek – promieni uśmiechniętego w samym środku słońca. Wewnątrz klapki widniały wygrawerowane ozdobnym pismem słowa: *Machina czasu Maxa*.

Tego właśnie dnia, ściskając w ręku otrzymany przed chwilą prezent i przyglądając się swojej rodzinie biegającej z walizkami po schodach, Max, nawet się tego nie domyślając, na zawsze przestał być dzieckiem.

* * *

W noc swych urodzin nie zmrużył oka. Podczas gdy inni już spali, on czekał na nadejście świtu, który oznaczać miał ostateczne pożegnanie z maleńkim wszechświatem ukształtowanym przez ostatnie dziesięć lat. Przez długie godziny leżał cichutko w łóżku, wpatrując się w niebieskawe cienie tańczące na suficie, jakby liczył na to, iż zdoła z nich wreszcie wywróżyć swoje przyszłe losy. Nie wypuszczał z dłoni zegarka, urodzinowego prezentu od ojca. Srebrzyste księżyce cyferblatu lśniły w nocnym półmroku. Być może znały odpowiedź na wszystkie pytania, które Max zaczął sobie owego wieczoru zadawać.

Wreszcie horyzont zajaśniał pierwszym brzaskiem dnia. Max wyskoczył z łóżka i zszedł do salonu. W fotelu siedział gotowy do podróży Maximilian Carver, czytając książkę w świetle lampy naftowej. Max natychmiast zrozumiał, że nie on jeden nie spał tej nocy. Zegarmistrz uśmiechnął się i zamknął książkę.

– Co czytasz, tato? – zagadnął Max, wskazując na gruby tom.

– To książka o Koperniku. Wiesz, kim był Kopernik? – spytał zegarmistrz.

– Przecież chodzę do szkoły – obruszył się Max.

Ojciec czasami zadawał pytania, jakby przed chwilą spadł z księżyca.

– No ale co o nim wiesz? – nie ustępował Maximilian Carver.

– Odkrył, że Ziemia krąży wokół Słońca, a nie na odwrót.

– No, mniej więcej. A wiesz, co to oznaczało?

– Same problemy – skwitował Max.

Zegarmistrz uśmiechnął się szeroko i podał mu księgę.

– Masz. To dla ciebie. Przeczytaj ją.

Max wziął do ręki tajemniczy tom oprawny w skórę i bacznie mu się przyjrzał. Księga wyglądała, jakby liczyła sobie tysiąc lat i służyła za schronienie duchowi starego geniusza, przykutemu do jej stronic łańcuchem pradawnej klątwy.

– No dobrze – zmienił temat ojciec. – Kto obudzi twoje siostry?

Max, nie podnosząc wzroku znad książki, dał do zrozumienia, że chętnie zrzeknie się na rzecz ojca zaszczytu wyrwania z głębokiego zapewne snu piętnastoletniej Alicji i ośmioletniej Iriny. A gdy ojciec odszedł, by zerwać na nogi resztę domowników, Max rozsiadł się wygodnie w fotelu, otworzył książkę i zaczął czytać. Niebawem rodzina w komplecie po raz ostatni wyszła za próg dotychczasowego domu, rozpoczynając nowe życie. Zaczęło się lato.

* * *

Max przeczytał kiedyś w jednej z książek ojca, że pewne obrazy z dzieciństwa zostają w albumie pamięci wyryte niczym fotografie, niczym sceneria, do której człowiek zawsze wraca pamięcią, choćby upłynęło nie wiadomo jak wiele czasu. Chłopak zrozumiał sens owych słów, kiedy po raz pierwszy zobaczył morze. Gdy po trwającej już ponad pięć godzin podróży pociągiem wyjechali w pewnym momencie z mrocznego tunelu, oślepiła ich nagle bezkresna świetlna płaszczyzna, z której biła jasność nie z tego świata. Elektryczny błękit morza, rozbłyskującego słonecznymi promieniami, utrwalił się w oczach Maxa niby zjawa z zaświatów. Tory biegły teraz tuż przy brzegu. Max wystawił głowę przez okno i po raz pierwszy poczuł w nozdrzach wiatr przesycony saletrą. Odwrócił się, by spojrzeć na ojca: ten siedział w kącie przedziału, obserwując syna i uśmiechając się tajemniczo, jakby odpowiadał na pytanie, którego chłopak nie zdążył zadać. Max postanowił wówczas, że niezależnie od tego, dokąd jadą i gdzie mają wysiąść, nigdy już nie zamieszka w miejscu, z którego nie będzie mógł codziennie rano zobaczyć po przebudzeniu owego błękitnego i oślepiającego światła unoszącego się ku niebu niczym magiczny i przezroczysty pył. Taką właśnie obietnicę złożył samemu sobie.

* * *

Max stał na peronie, wpatrując się w niknący w oddali pociąg, podczas gdy Maximilian Carver, opuściwszy na chwilę rodzinę stojącą przy biurach zawiadowcy stacji, udał się przed dworzec, by uzgodnić z miejscowymi tragarzami warunki i rozsądną cenę za przewóz bagaży, osób i całego ekwipunku do końcowego miejsca przeznaczenia. Dworzec, jego otoczenie i pierwsze dostrzeżone domy o dachach wstydliwie wyglądających zza koron drzew skojarzyły się Maxowi z zabawkowymi makietami, z owymi miniaturowymi, budowanymi przez kolekcjonerów elektrycznych kolejek miasteczkami, które są tak łudząco podobne do rzeczywistych, iż trzeba bardzo uważać, by nie pobłądzić w którejś z uliczek, bo może się to skończyć upadkiem ze stołu. Zastanawiając się nad wielością światów, Max zaczął już rozważać jeden z wariantów teorii Kopernika, kiedy donośny, rozbrzmiewający tuż nad jego uchem głos matki wyrwał go z kosmicznych uniesień.

– No i jak? Wóz czy przewóz?

– Za wcześnie na ocenę – odpowiedział Max. – Miasteczko wygląda jak makieta. Jak na wystawach sklepów z zabawkami.

– A może to jest makieta – uśmiechnęła się matka, a wtedy jak zwykle Max mógł dostrzec w jej twarzy blade odbicie swej siostry Iriny.

– Ale nie mów tego ojcu – dodała. – O właśnie, o wilku mowa...

Maximilian Carver pojawił się w towarzystwie dwóch rosłych tragarzy w ubraniach upaćkanych olejem, sadzą i innymi, bliżej niezidentyfikowanymi substancjami. Obaj mieli gęste wąsy, na głowach zaś identyczne marynarskie czapki, jakby stanowiły one część przypisanego ich profesji uniformu.

– To Robin, a to Filip – przedstawił ich zegarmistrz. – Robin zajmie się bagażem, a Filip rodziną. Może być?

Nie czekając na odpowiedź, obaj siłacze podeszli do piętrzącego się na peronie stosu pakunków i bez najmniejszego wysiłku unieśli najcięższy kufer. Max wyciągnął swój zegarek i spojrzał na krąg uśmiechniętych księżyców. Strzałki wskazywały drugą po południu. Na starym zegarze dworcowym była dwunasta trzydzieści.

– Dworcowy zegar źle chodzi – mruknął Max.

– A widzisz? – pospieszył z komentarzem rozentuzjazmowany ojciec. – Ledwo przyjechaliśmy, a już mamy co robić.

Matka Maxa uśmiechnęła się wyrozumiale, jak zawsze wtedy, gdy Maximilian Carver zaczynał zbyt nachalnie manifestować swój hurraoptymizm. Syn jednak zdołał dostrzec w jej oczach mgiełkę smutku i ów dziwny blask, który od dziecka kazał mu przypuszczać, że

15

matka potrafi przewidzieć pewne rzeczy, przez innych ledwo przeczuwane.

– Wszystko będzie dobrze, mamo – powiedział Max i ledwo wypowiedział ostatnie słowo, natychmiast poczuł się jak głupek.

Matka pogłaskała go po policzku i uśmiechnęła się.

– Naturalnie, Max. Wszystko będzie dobrze.

W tym momencie Max poczuł, że ktoś go obserwuje. Błyskawicznie odwrócił wzrok i ujrzał ogromnego prążkowanego kota, który zza krat jednego z okien budynku dworca przyglądał mu się bacznie, jakby potrafił czytać w myślach. Kot-nie-kot zmrużył oczy i jednym susem, zdradzającym nieprawdopodobną u stworzenia podobnych rozmiarów zwinność, przyskoczył do małej Iriny i zaczął się do niej łasić. Siostra Maxa uklękła, żeby pogłaskać pomiaukujące cicho zwierzę. Wzięła je na ręce; kot bez oporu przystał na jej pieszczoty, liżąc przymilnie palce Iriny, która uśmiechała się oczarowana. Dziewczynka, nie wypuszczając go z rąk, podeszła do miejsca, gdzie czekała reszta rodziny.

– Dopiero co przyjechaliśmy, a ty już znalazłaś przybłędę. Ciekawe, jakie choróbska mogą się lęgnąć w takim zwierzaku? – rzuciła Alicja, wyraźnie zdegustowana.

– To żadna przybłęda, to bezpański kotek – odparła Irina. – Mamusiu, proszę...

– Jeszcze nawet nie dojechaliśmy do domu, Irino – zaczęła matka.

Dziewczynka przybrała żałosno-błagalny wyraz twarzy, który kot uzupełnił ze swej strony słodkim, uwodzicielskim miauknięciem.

– Mógłby zamieszkać w ogrodzie. Proszę...

– Tłuste, brudne kocisko – powiedziała Alicja. – Znowu pozwolisz, by postawiła na swoim?

Irina obrzuciła siostrę przeszywającym stalowym spojrzeniem mówiącym: zamknij usta, bo inaczej grozi ci wojna. Alicja wytrzymała przez chwilę wzrok siostry, potem odwróciła się i sapiąc z wściekłości, odeszła w stronę pakujących bagaże osiłków. Po drodze minęła się z ojcem; czerwone policzki Alicji nie uszły uwadze Maximiliana Carvera.

– Znowu się kłócicie? – zapytał. – A cóż to takiego?

– Biedny, porzucony kotek. Możemy go wziąć? Zamieszka w ogrodzie, ja się nim zaopiekuję. Przyrzekam – pospiesznie wyjaśniła Irina.

Zegarmistrz, nie bardzo wiedząc, co z tym fantem począć, spojrzał najpierw na kota, potem na żonę.

– A co na to powie mama?

– A ty? Co ty na to powiesz, Maximilianie? – odparła wywołana do odpowiedzi żona, a na jej twarzy pojawił się uśmieszek zdradzający, że dylemat, przed którym stanął mąż, serdecznie ją ubawił.

– Sam nie wiem. Trzeba by go zaprowadzić do weterynarza, poza tym...

– Błagam… – szepnęła Irina.

Zegarmistrz i jego żona wymienili porozumiewawcze spojrzenia.

– Właściwie czemu nie – zawyrokował Maximilian Carver, nie chcąc zaczynać lata od rodzinnego konfliktu. – Ale będziesz się nim zajmować. Trzymam cię za słowo.

Twarz Iriny aż pojaśniała z radości, a źrenice kota stały się nagle wąziutkie – przypominały teraz czarne szpilki zatopione w bursztynowych, lśniących tęczówkach.

– Ruszamy w drogę. Bagaże już załadowane – obwieścił zegarmistrz.

Irina, ze swoim podopiecznym na rękach, pobiegła w stronę furgonetek. Kot, opierając głowę na ramieniu dziewczynki, nadal wpatrywał się w Maxa. Jakby na nas czekał – pomyślał chłopiec.

– Idziemy, Max. Nie stój tu jak słup soli – upomniał go ojciec, który, za rękę z żoną, szedł już w stronę samochodów.

Max ruszył za nimi.

I wówczas, pod wpływem nagłego impulsu, odwrócił się i raz jeszcze popatrzył na poczerniałą tarczę dworcowego zegara. Przyglądając mu się uważnie, zrozumiał, że coś jest nie tak. Doskonale pamiętał, że kiedy tu przyjechali, zegar wskazywał wpół do pierwszej. Teraz była na nim za dziesięć dwunasta.

– Max! – rozległ się głos ojca, wołającego go z furgonetki. – Przestań się guzdrać!

– Już idę – mruknął chłopiec pod nosem, nie odrywając wzroku od wskazówek.

Zegar nie był popsuty; działał doskonale. Czynił to jednak w sposób dość szczególny – wskazówki biegły na wspak.

Rozdział drugi

Nowy dom Carverów stał na północnym skraju długiej plaży pełnej białego, iskrzącego się piasku i porosłej tu i ówdzie kępkami nadmorskich traw, które drżały przy każdym powiewie wiatru. Plaża była naturalnym przedłużeniem miasteczka, z jego małymi drewnianymi domkami – wysokości najwyżej dwóch pięter – w większości pomalowanymi na miłe dla oka pastelowe kolory. Przy każdym z domków za białym i równiusieńko postawionym płotem rozciągał się ogródek, co jeszcze pogłębiło pierwsze wrażenie Maxa, że znalazł się w miasteczku ze sklepu z zabawkami.

Carverowie ruszyli główną ulicą, mijając plac i stojący przy nim ratusz. Maximilian Carver demonstrował po drodze miejscowe atrakcje i osobliwości, rozentuzjazmowany niczym lokalny przewodnik.

Miejsce było spokojne i spowite tym samym blaskiem, którym Max poczuł się oczarowany, ujrzawszy morze po raz pierwszy. Większość mieszkańców przemieszczała się po okolicy rowerem albo po prostu na piechotę. Wszędzie było czysto, a jedynym rozlegającym się tu hałasem – jeśli nie liczyć dobiegającego raczej z rzadka warkotu jakiegoś pojazdu silnikowego – był szum fal morskich łagodnie rozlewających się po plaży. Kiedy tak szli, Max mógł obserwować reakcje malujące się na twarzach ojca, matki i sióstr na kolejne elementy scenerii miejsca, w którym mieli rozpocząć nowe życie. Mała Irina i jej koci towarzysz przyjmowali paradę domków, równo poustawianych jak klocki, z umiarkowaną ciekawością, jakby poczuli już, że są u siebie. Alicja, zanurzona w nieprzeniknionych myślach, wydawała się przebywać tysiące kilometrów stąd, co utwierdzało jedynie Maxa w przekonaniu, że wie o swojej starszej siostrze tyle co nic. Matka rozglądała się dookoła z pogodną rezygnacją, przyklejonym uśmiechem pokrywając niepokój, którego przyczyny i charakteru Max nie potrafił dociec. Maximilian Carver obserwował natomiast z triumfalną miną nowe miejsce pobytu, co jakiś czas rzucając porozumiewawcze spojrzenia żonie i dzieciom, ci zaś odpowiadali mu niezmiennie uśmiechem akceptacji (zdrowy rozsądek podpowiadał, że każda inna postawa złamałaby serce zacnego zegarmistrza, przekonanego, że sprowadził rodzinę do raju).

Mając przed sobą ulice skąpane światłem i spokojem, Max pomyślał, że koszmar wojny nie tylko pozostał gdzieś daleko, ale nawet stał się jakby nierzeczywisty, i że być może ojciec wykazał się niebywałą intuicją, sprowadzając ich tutaj. Kiedy bagażówki wyjechały na drogę prowadzącą w stronę ich nowego domu przy plaży, Max zdążył już wymazać z pamięci dworcowy zegar i niepokój, jaki budził w nim od samego początku nowy przyjaciel Iriny. Spojrzał daleko w morze, po widnokrąg, i zdało mu się, że dostrzega sylwetkę czarnego, smukłego statku, sunącego niczym fatamorgana pośród gęstej, unoszącej się nad wodą mgły. Po chwili statek zniknął.

* * *

Do dwupiętrowego budynku, stojącego jakieś pięćdziesiąt metrów od brzegu, przylegał skromny ogródek. Okalał go biały płot, którego sztachety aż wołały o pędzel i farbę. Drewniany dom, pomalowany cały – oprócz ciemnego dachu – na biało, był w dość dobrym stanie, jak na bliskość morza i niszczący wpływ wilgoci oraz ustawicznie wiejącego wiatru przesyconego saletrą.

Po drodze Maximilian Carver objaśnił rodzinie, że budynek wzniesiony został w roku tysiąc dziewięćset dwudziestym ósmym dla rodziny cenionego chirurga londyńskiego, doktora Richarda Fleischmanna i jego małżonki Evy Gray, jako ich letnia rezydencja nadmorska. W oczach miejscowych budowla uchodziła w tamtych czasach za absolutnie ekstrawagancką. Fleischmannowie nie mieli dzieci, trzymali się na uboczu i nie kwapili zbytnio z nawiązywaniem jakichkolwiek kontaktów z sąsiadami. Doktor Fleischmann, przyjechawszy tu po raz pierwszy, zażądał stanowczo, by wszelkie materiały budowlane i specjaliści sprowadzeni zostali z Londynu. Ten kapryśny wymóg oznaczał w praktyce potrojenie kosztów, ale majętny chirurg mógł sobie na to pozwolić.

Mieszkańcy osady sceptycznie i podejrzliwie przyglądali się, jak przez całą zimę tysiąc dziewięćset dwudziestego siódmego roku napływali kolejni robotnicy i przyjeżdżały kolejne załadowane ciężarówki, a tymczasem powoli, dzień po dniu, wznosił się szkielet domu na skraju plaży. W końcu, wiosną następnego roku, malarze pomalowali mury po raz ostatni i kilka tygodni później doktorostwo wprowadziło się, by spędzić tu lato. Dom przy plaży wnet okazał się miejscem magicznym, które miało odmienić los Fleischmannów. Żona chirurga – jak głosiły plotki – wiele lat wcześniej uległa wypadkowi, po którym nie mogła mieć dzieci, jednak podczas tamtego pierwszego roku w nowej siedzibie zaszła w ciążę. Dwudziestego trzeciego czerwca tysiąc dziewięćset dwudziestego dziewiątego roku urodziła w nowym domu syna; poród odbierał mąż. Fleischmannowie dali chłopcu na imię Jacob.

Jacob wniósł nowe światło w życie bezdzietnego przez tyle lat małżeństwa, zmienił ich dotychczasowy, samotniczy i zgorzkniały styl życia. Po jego przyjściu na świat doktor wraz z żoną zaczęli się stopniowo zaprzyjaźniać z sąsiadami. Niebawem stali się lubianymi i szanowanymi obywatelami. I tak miało pozostać przez wszystkie te szczęśliwe lata, aż do tragedii w tysiąc dziewięćset trzydziestym szóstym roku, kiedy to pewnego sierpniowego poranka Jacob utonął, bawiąc się na plaży przed domem.

Cała radość i blask, które upragniony potomek wniósł w życie rodziców, ulotniły się na zawsze. Zimą doktor Fleischmann poważnie podupadł na zdrowiu. I już nigdy nie miał powrócić do sił: lekarze ostrzegli doktorową, że mąż nie dożyje lata. Rok po tragedii adwokaci wdowy wystawili dom na sprzedaż. Nikt go jednak nie kupił ani się do niego nie wprowadził.

Dom stał pusty i zaniedbany, dopóki Maximilian Carver nie dowiedział się o jego istnieniu. Zegarmistrz wracał właśnie z podróży, w którą wybrał się, by zakupić części i narzędzia do warsztatu, i musiał zatrzymać się w miejscowym hoteliku na noc. Przy kolacji wdał się w rozmowę z właścicielem i zwierzył mu się, iż jednym z jego najskrytszych i żywionych od dawna marzeń jest zamieszkanie w niewielkim, prowincjonalnym miasteczku, dokładnie takim jak to. Hotelarz opowiedział mu wówczas o opuszczonym, stojącym na skraju plaży domu. Maximilian, nie bacząc na to, że opóźni wyjazd, postanowił go obejrzeć. Przez całą drogę powrotną bił się z myślami, zastanawiając się, czy może sobie pozwolić na taki wydatek. Rozważał, czy byłoby opłacalne przeniesienie zakładu do miasteczka, które go zauroczyło. I choć powziął decyzję o wiele wcześniej, rodzina dowiedziała się o niej dopiero po ośmiu miesiącach od tej podróży.

* * *

25

Pierwszy dzień w domu przy plaży pozostać miał w pamięci Maxa jako dziwny amalgamat niecodziennych obrazów. Po pierwsze, kiedy tylko furgonetki zatrzymały się przed domem, a Robin i Filip zaczęli wyładowywać bagaże, Maximilian Carver w jakiś niewytłumaczalny sposób zdołał wpaść na coś, co przypominało stare wiadro, i po kilku żałosnych podskokach wylądował w końcu na ogrodzeniu, łamiąc ponad cztery metry sztachet. Incydent został przypieczętowany ukradkowymi uśmieszkami reszty rodziny i niezbyt poważnym siniakiem nieszczęsnej ofiary.

Obaj muskularni tragarze postawili kufry z dobytkiem na ganku i uznając swoją misję za zakończoną, ulotnili się, cedując na rodzinę zaszczyt wniesienia bagaży po schodach. Kiedy Maximilian Carver uroczystym gestem otworzył drzwi, ze środka uniósł się zatęchły zapach, jakby duch, uwięziony w tych czterech ścianach przez wiele lat, wreszcie się z nich wydostał. Wnętrze było zamglone od kurzu; łagodne światło przesączało się przez opuszczone żaluzje.

– Mój Boże – westchnęła matka Maxa, zastanawiając się, ile ton kurzu przyjdzie im sprzątnąć.

– Dom jest po prostu uroczy – pospieszył z komentarzem Maximilian Carver. – Przecież mówiłem.

Max i Alicja wymienili porozumiewawcze spojrzenia. Mała Irina aż otworzyła usta z wrażenia. Zanim ktokolwiek zdążył wykrztusić słowo, kot Iriny zeskoczył z jej rąk i z radosnym miauknięciem ruszył po schodach.

Chwilę później, podążając za jego przykładem, Maximilian Carver wkroczył do nowej rodzinnej siedziby.

– Przynajmniej kotu się tu podoba – szepnęła Alicja.

Matka Maxa, nie zastanawiając się ani chwili, kazała otworzyć wszystkie drzwi i okna na oścież, by przewietrzyć pokoje. Najbliższe godziny wszyscy Carverowie poświęcili na doprowadzenie nowej siedziby do jako takiego porządku. Niczym w oddziale do zadań specjalnych każdemu przydzielono ściśle określoną misję. Alicja zajęła się sprzątnięciem pokojów i przygotowaniem łóżek. Irina, wzbijając tumany kurzu, wymiatała śmieci ze wszystkich zakamarków. Max zaś, idąc za nią, zgarniał je do szufelki. Matka rozdysponowywała bagaże i sporządzała w myślach listę prac niezbędnych do odnowienia domu. Maximilian Carver usiłował – z całym poświęceniem, gdyż nie było to łatwe – doprowadzić do stanu używalności po wieloletnim letargu rury, krany, kable, gniazdka i wszelakie inne mechanizmy.

Wreszcie rodzina rozsiadła się na ganku nowej siedziby, pozwalając sobie na chwilę zasłużonego odpoczynku, i przyglądała się złotym odcieniom, jakich nabierało morze u schyłku dnia.

– Wystarczy na dziś – stwierdził Maximilian Carver, cały w sadzy i tajemniczych smarach.

– Jeszcze kilka tygodni pracy i dom będzie się nadawał do zamieszkania – odezwała się matka.

– W pokojach na piętrze roi się od pająków – pośpieszyła donieść Alicja. – Wielgachnych.

– Pająków? Fajnie! – wykrzyknęła Irina. – Jak wyglądają?

– Są całkiem podobne do ciebie – odcięła się Alicja.

– Możecie się uspokoić? – upomniała dziewczynki matka, pocierając sobie nos zewnętrzną stroną dłoni.
– Max wszystkie wytłucze.

– Nie trzeba ich zabijać, wystarczy je zebrać i przenieść do ogrodu – wtrącił się zegarmistrz.

– Czy ja zawsze muszę być bohaterem do specjalnych poruczeń? – wymamrotał Max. – Czy pająkobójstwo nie może zaczekać do jutra?

– Co ty na to, Alicjo? – spytała matka.

– Nie mam zamiaru spać w pokoju pełnym pająków i Bóg wie jakiego jeszcze robactwa – oświadczyła kategorycznie Alicja.

– Ale ty głupia jesteś – skwitowała Irina.

– A ty jesteś wstrętny bachor – nie pozostała dłużna Alicja.

– Maksie, skończ z pająkami, zanim wybuchnie wojna – poprosił Maximilian Carver zmęczonym głosem.

– Mam je zabić czy tylko postraszyć? Mogę im na przykład powykręcać nóżki – zaproponował Max.

– Dosyć już – ucięła matka.

Max, ociągając się, wszedł do domu z zamiarem wykończenia jego dzikich lokatorów, i ruszył po schodach do położonych na piętrze pokoi. Z wysokości ostatniego stopnia kot Iriny przypatrywał mu się świecącymi oczyma. Max odniósł wrażenie, że w ogóle nie mruga.

Chłopiec minął zwierzę, które zdawało się strzec górnych pokoi niczym wartownik. Kiedy wszedł do pierwszego z nich, kot ruszył jego śladem.

* * *

Drewniana podłoga trzeszczała mu pod stopami. Max zaczął pajęcze łowy od pomieszczeń wychodzących na południowy zachód. Z ich okien rozciągał się widok na plażę i morze, nad którym słońce powoli zstępowało ku linii horyzontu. Chłopiec zaczął bacznie wypatrywać włochatych i ruchliwych stworzeń. Podłoga po wstępnych porządkach była na tyle czysta, że dość szybko zdołał dostrzec pierwszego przedstawiciela gromady pajęczaków. Zobaczył, jak z kąta zmierza wprost ku niemu pająk sporych rozmiarów, niczym harcownik wysłany przez swoich celem wybadania przeciwnika, może nawet postraszenia go lub nakłonienia do zmiany decyzji. Stworzenie było pewno długie na ponad centymetr, miało osiem odnóży, a na jego grzbiecie widniała złota plama.

Max wyciągnął rękę w stronę opartej o ścianę miotły, szykując się do wysłania nieprzyjaciela na tamten świat. To bez sensu, pomyślał, bezszelestnie unosząc miotłę niczym śmiercionośną broń. Kiedy już zamierzał zadać ostateczny cios, nieoczekiwanie uprzedził go kot Iriny. Jednym susem dopadł pająka i chwyciwszy go w swą miniaturową lwią paszczę, pożarł w mgnieniu oka. Max opuścił miotłę i spojrzał zdumiony na kota, który posłał mu mało przyjazne spojrzenie.

– Sympatyczna kicia – westchnął.

Kot, połknąwszy pająka, opuścił pokój, przypuszczalnie w poszukiwaniu krewnego swojej przekąski. Max podszedł do okna. Rodzina nadal siedziała na ganku. Alicja spojrzała na brata pytającym wzrokiem.

– Możesz spać spokojnie. Nie przeżyje tu żaden pająk.

– Lepiej się upewnij – poprosił Maximilian Carver.

Max skinął głową i poszedł do znajdujących się po drugiej stronie pokoi, których okna wychodziły na północny zachód.

W pobliżu rozległo się miauczenie. Max pomyślał, że kolejny pająk trafił w szpony kota zabójcy. Tutaj, w tylnej części domu, pokoje były znacznie mniejsze. Ciekaw widoku z tej strony, chłopiec wyjrzał przez okno. Za domem znajdowało się niewielkie podwórze z szopą, która mogła być składem starych mebli, graciarnią, a nawet garażem. Na samym środku rosło ogromne drzewo, sięgające gałęziami ponad dach. Max uznał, iż musiało mieć co najmniej dwieście lat.

Podwórze było ogrodzone. Za nim ciągnęły się rozległe nieużytki porosłe wszelkiego rodzaju zielskiem i chwastami, a sto metrów dalej wznosiło się kolejne ogrodzenie: mur z białych kamieni okalający niewielką działkę. Bujna roślinność tak się tam rozpleniła, iż działka przeistoczyła się niemal w dżunglę. Pośród rozbuchanej zieleni Max mógł dostrzec coś na kształt ludzkich postaci. W zapadającym zmierzchu musiał nieźle wytężać wzrok, by cokolwiek rozróżnić. Miał przed sobą zapuszczony ogród, pełen posągów. Wpatrzył się jak zahipnotyzowany w ten przedziwny spektakl nieruchomych postaci osaczonych przez zarośla i uwięzionych w owym tajemniczym miejscu, przywodzącym na myśl wiejski cmentarzyk. Wstępu broniła brama z żelaznych prętów, spięta łańcuchami. Max zauważył, że brama zwieńczona była herbem przedstawiającym sześciopromienną gwiazdę. Tuż za ogrodem posągów wyrastała ściana gęstego lasu, który zdawał się ciągnąć kilometrami.

– Dokonałeś jakiegoś odkrycia? – Głos matki tuż za jego plecami wyrwał chłopca z transu, w jaki wpadł na widok dziwnego ogrodu. – A już baliśmy się, że poległeś w bitwie z pająkami.

– Widziałaś ten ogród z posągami, tam z tyłu, przy lesie? – Max wyciągnął rękę, wskazując biały mur. Matka wyjrzała przez okno.

– Robi się późno. Nie mamy nic na kolację, więc musimy z ojcem wybrać się do miasteczka. Jutro zrobimy większe zakupy. Zostaniecie sami. Uważaj na Irinę.

Max skinął głową. Matka pocałowała go w policzek i zeszła po schodach. Znów się odwrócił do okna, by raz jeszcze spojrzeć na ogród posągów, których zarys powoli rozmywał się w wieczornej mgle. Znad morza nadciągała chłodna bryza. Zamknął okno w pokoju i ruszył zrobić to samo w całym domu. W korytarzu natknął się na Irinę.

– Wielkie były? – zapytała z nieukrywaną ciekawością.
Max zawahał się przez chwilę.
– Pająki. Pytam o pająki. Wielkie były?
– Jak pięść – odparł z całą powagą Max.
– Ojejku!

Rozdział trzeci

Następnego dnia, tuż przed świtem, Max usłyszał, jak jakaś postać spowita nocną mgłą szepcze mu coś do ucha. Gwałtownie usiadł w łóżku, czując, że brak mu tchu, a serce podchodzi do gardła. W pokoju nie było nikogo. Obraz owej ciemnej postaci szepczącej w półmroku rozwiał się w jednej chwili jak senna mara. Chłopiec wyciągnął rękę w kierunku nocnego stolika i zapalił lampkę, którą Maximilian Carver zdążył naprawić ubiegłego wieczoru.

Przez okno zaczęły sączyć się pierwsze światła brzasku wstającego nad lasem. Pasma mgły snuły się pośród traw, zarośli i krzaków. Ciągnące od morza powiewy wiatru rozszarpywały je, odsłaniając figury ogrodowych posągów. Max sięgnął po swój kieszonkowy zegarek, który wieczorem odłożył pod lampkę, i otworzył kopertę. Uśmiechnięte księżyce świeciły niczym złote płytki. Dochodziła szósta.

Ubrał się najciszej, jak mógł, i bezszelestnie zszedł po schodach, nie chcąc obudzić reszty domowników.

Wszedł do kuchni. Na drewnianym stole leżały nie-sprzątnięte jeszcze resztki naprędce przyrządzonej wieczorem kolacji. Otworzył ostrożnie drzwi prowadzące na podwórze. Znalazłszy się na zewnątrz, poczuł uderzenie zimnego i wilgotnego powietrza. Idąc nie-omal na palcach, dotarł do furtki w ogrodzeniu, pchnął ją i kierując się w stronę ogrodu posągów, zanurzył się we mgle.

* * *

Wędrówka przez mgłę zajęła mu o wiele więcej czasu, niż się spodziewał. Z okien jego pokoju biały mur z kamienia wydawał się oddalony o jakieś sto metrów. A teraz jednak Max, dotarłszy wreszcie do metalowej bramy strzegącej wejścia do ogrodu posągów, odniósł wrażenie, że idąc przez zarośla i wysokie trawy, musiał pokonać ponad trzysta metrów.

Czerwony od rdzy łańcuch opasywał pręty poczerniałego metalu, sczepiony starą kłódką, którą czas odarł z jakiejkolwiek barwy. Max przywarł twarzą do prętów, starając się wybadać wzrokiem teren za ogrodzeniem. Żarłoczne chaszcze przez lata zdołały zawładnąć tym obszarem, nadając mu wygląd zapuszczonej oranżerii. Max pomyślał, że w ogrodzie od lat nie postała ludzka stopa. Pielęgnujący go ogrodnik, kimkolwiek był, najprawdopodobniej już od wielu lat tu nie zaglądał.

Max rozejrzał się. Nieopodal ogrodzenia zauważył sporej wielkości kamień. Chwycił go i z całej siły zaczął nim walić w spinającą końce łańcucha kłódkę. Uderzał, póki sfatygowany pałąk kłódki nie pękł pod jego ciosami. Łańcuch puścił, kołysząc się pomiędzy prętami niczym metalowy warkocz. Max, zapierając się nogami o ziemię, pchnął mocno bramę. Poczuł, jak z wolna ustępuje. Kiedy uznał, iż skrzydła rozwarły się na tyle szeroko, że może się przez nie przecisnąć, chwilę odsapnął, po czym wśliznął się do ogrodu.

Znalazłszy się za ogrodzeniem, stwierdził nie bez zdziwienia, że teren jest znacznie większy, niż początkowo przypuszczał. Jak szacował na pierwszy rzut oka, pośród roślinności mogło się kryć ze dwadzieścia posągów. Ostrożnie zapuścił się w głąb zdziczałego ogrodu. Wydało mu się, że rzeźby zostały rozmieszczone w koncentrycznych kręgach, a dopiero po chwili spostrzegł, że twarze wszystkich posągów zwrócone są na zachód. Wszystkie zdawały się tworzyć jakąś większą całość i rzeczywiście przedstawiały coś na kształt trupy cyrkowej. Krążąc między nimi, Max rozpoznał: pogromcę dzikich zwierząt, fakira o orlim nosie, w turbanie na głowie, kobietę gumę, siłacza i inne jeszcze figury tworzące niebywałe panoptikum kuglarzy zbiegłych z widmowego cyrku.

W samym środku ogrodu posągów stała na piedestale ogromna figura śmiejącego się klowna o kręconych włosach. Klown wyciągał przed siebie ramię, a dłonią zaciśniętą w pięść, w komicznie wielkiej rękawiczce, walił jakby w powietrzu w jakiś niewidzialny przedmiot. U jego nóg leżała kamienna płyta. Maxowi zdało się, iż dostrzega na niej zarys jakiegoś reliefu. Ukłąkł i odgarnął zielsko zarastające zimny kamień, by po chwili odkryć sześciopromienną gwiazdę wpisaną w okrąg. Rozpoznał w niej symbol, który zdobił bramę.

Przyglądając się reliefowi, zrozumiał, że to, co początkowo wziął za koncentryczne kręgi, w rzeczywistości było repliką sześciopromiennej gwiazdy. Każdy z ogrodowych posągów stał na czubku ramion gwiazdy. Max wstał i zaczął się bacznie przyglądać widmowym aktorom tego przedziwnego kamiennego spektaklu. Słychać było tylko szelest poruszanego przez wiatr bluszczu. Chłopiec przenosił wzrok z rzeźby na rzeźbę, by po jakimś czasie ponownie utkwić spojrzenie w wielkim posągu klowna. W pewnej chwili skóra mu ścierpła. Cofnął się o krok. Dłoń posągu, dopiero co zaciśnięta w pięść, teraz była całkiem otwarta w geście zaproszenia. Max poczuł, jak chłodny poranny wiatr pali mu gardło, serce wali jak oszalałe, a krew rozsadza skronie.

Najwolniej, jak mógł, jakby lękał się obudzić posągi z ich wiecznego snu, odwrócił się i zaczął iść bezszelestnie z powrotem ku bramie, nieustannie oglądając się to przez lewe, to przez prawe ramię. Znalazłszy się poza tajemniczą posesją, wreszcie spojrzał przed siebie i wydało mu się nagle, że dom przy plaży znajduje się daleko, bardzo daleko. Niewiele myśląc, puścił się biegiem, nie oglądając się do tyłu. Odważył się na to dopiero wtedy, kiedy dotarł do furtki prowadzącej na podwórze. Ogród posągów znów spowijała gęsta mgła.

* * *

W kuchni unosił się kuszący zapach roztapiającego się na grzankach masła. Alicja ze wstrętem spoglądała na swoje śniadanie, mała Irina zaś podawała przygarniętemu kotu miseczkę z mlekiem, której zwierzak nawet nie miał zamiaru obwąchiwać. Max, przyglądając się tej scenie, pomyślał, że kulinarne upodobania małego drapieżcy, jak mógł się sam wczoraj przekonać, są zgoła odmienne. Maximilian Carver z parującą filiżanką kawy ukontentowany obserwował swoją rodzinę.

– Dziś z samego rana zajrzałem do garażu – zaczął tajemniczym tonem, który zwykł przybierać, kiedy chciał sprowokować pytanie, jakiego też doniosłego odkrycia właśnie dokonał.

Max do tego stopnia znał triki zegarmistrza, że niejednokrotnie zastanawiał się, kto tu jest ojcem, a kto dzieckiem.

– I co tam znalazłeś? – spytał, nie zwlekając.

– Nie uwierzysz – odparł ojciec, choć Max pomyślał: „A założymy się?". – Dwa rowery.

Chłopiec pytająco zmarszczył brwi.

– Zniszczone nieco, ale wystarczy trochę nasmarować łańcuchy, żeby zrobić z nich lukstorpedy – zapewnił

Maximilian Carver. – Ale znalazłem jeszcze coś. Nie zgadniecie, co jeszcze było w garażu.

– Mrówkojad – burknęła Irina, nie przestając głaskać swojej kociej maskotki.

Choć najmłodsza córka Carverów liczyła sobie zaledwie osiem wiosen, zdążyła już do perfekcji opanować sztukę podcinania ojcu skrzydeł.

– Mylisz się – zaprzeczył zegarmistrz, niewątpliwie urażony. – Zgaduj-zgadula: kto następny?

Max dostrzegł kątem oka, że matka przygląda się całej sytuacji i wobec braku czyjegokolwiek zainteresowania dla eksploratorskich wyczynów męża chce mu pospieszyć z pomocą.

– Album ze zdjęciami? – zaproponowała Andrea Carver, najprzymilniej jak mogła.

– Ciepło, ciepło – odpowiedział zegarmistrz, wyraźnie podniesiony na duchu. – A ty, Max?

Matka spojrzała nań porozumiewawczo. Max skinął głową.

– Czy ja wiem? Pamiętnik?

– Pudło. Alicjo?

– Poddaję się – skapitulowała Alicja, myślami błądząc zupełnie gdzie indziej.

– Uwaga, uwaga. Przygotujcie się – zaczął Maximilian Carver. – Otóż wyobraźcie sobie, że znalazłem projektor. Projektor filmowy. I pudło pełne filmów.

– Jakich znowu filmów? – rzuciła Irina, odrywając wzrok od kota po raz pierwszy od kwadransa.

Maximilian Carver wzruszył ramionami.

– Jak to jakich? Filmów, po prostu. Czy to nie cudowne? Mamy kino w domu.

– Pod warunkiem, że projektor będzie działać – stwierdziła Alicja.

– Dziękuję za pokrzepiającą dawkę optymizmu, kochanie. Przypominam ci jednak, że twój ojciec zarabia na życie, naprawiając zepsute mechanizmy.

Andrea Carver położyła dłonie na ramionach męża.

– Niezmiernie miło mi to słyszeć, panie Carver – powiedziała – bo aż się prosi, żeby ktoś się zajął kotłem grzewczym w piwnicy.

– Załatwione – odparł zegarmistrz, wstając od stołu.

Alicja poszła za jego przykładem.

– Proszę szanownej panienki – sprzeciwiła się Andrea Carver. – Najpierw śniadanie. Nawet go nie tknęłaś.

– Nie jestem głodna.

– Ja mogę zjeść – zaproponowała Irina.

Andrea Carver zdecydowanie odrzuciła propozycję młodszej córki.

– Boi się, że będzie gruba – szepnęła złośliwie Irina swemu kotu.

– Nie mogę jeść przy tym czymś merdającym ogonem i gubiącym kłaki – odcięła się Alicja.

Zarówno Irina, jak i kot obrzucili Alicję spojrzeniami pełnymi pogardy.

– Żałosna jesteś – zawyrokowała Irina i wyszła z kotem na podwórze.

– I ty jej na to pozwalasz? Dlaczego? Dlaczego zawsze stawia na swoim? Mnie w jej wieku nie było tyle wolno – zaprotestowała Alicja.

– Znowu zaczynasz? – odpowiedziała Andrea Carver łagodnym głosem.

– To nie ja zaczęłam – skwitowała starsza córka.

– No dobrze, dajmy temu spokój. – Andrea Carver pogładziła długie włosy Alicji, która odsunęła głowę, chcąc uniknąć pocieszycielskiego gestu matki. – Ale zjedz śniadanie, bardzo cię proszę.

W tej samej chwili pod ich stopami rozległ się metaliczny łoskot. Wszyscy spojrzeli po sobie.

– Wasz ojciec w akcji – mruknęła Andrea Carver, dopijając kawę.

Alicja zaczęła wmuszać w siebie grzankę, podczas gdy Max usilnie próbował wymazać z pamięci wyciągniętą w zaproszeniu dłoń i wytrzeszczone oczy klowna uśmiechającego się we mgle ogrodu posągów.

Rozdział czwarty

Rowery odkryte przez Maximiliana Carvera w małym garażu za domem były mniej zdezelowane, niż początkowo mogło się Maxowi wydawać. W gruncie rzeczy wyglądały tak, jakby nikt ich nigdy nie używał. Max uzbroił się w kilka irchowych ściereczek, wziął specjalny płyn do czyszczenia metali, z którym matka nigdy się nie rozstawała, i przystąpił do pracy. Dość szybko stwierdził, że pod warstwą pajęczyn, kurzu i brudu kryją się nowiutkie błyszczące rowery. Ojciec pomógł mu nasmarować łańcuchy i koła zębate i napompować koła.

– Chyba czeka nas wymiana dętek – powiedział Maximilian Carver – ale właściwie rowery są gotowe do jazdy.

Doprowadzając swoje nowe pojazdy do stanu używalności, Max zauważył, że jeden z nich jest mniejszy. Zaczął się zastanawiać, czy doktor Fleischmann kupował w swoim czasie rowery z myślą o przejażdżkach z małym Jacobem po plaży i ścieżkach wybrzeża. Maximilianowi

Carverowi wydało się, że dostrzega w oczach syna poczucie winy.

– Jestem głęboko przekonany, że nasz stary doktor byłby wprost szczęśliwy, gdyby się dowiedział, że ktoś używa jego rowerów.

– A ja nie – burknął Max. – Ciekawe, czemu je tutaj zostawili?

– Złych wspomnień nie musisz brać ze sobą. I bez tego będą cię prześladować – odparł Maximilian Carver. – Przypuszczam, że nikt ich później nie używał. No dobra, siadaj. Zrobimy próbną przejażdżkę.

Wyprowadzili rowery z garażu. Max wyregulował siodełko i sprawdził hamulce.

– Trzeba będzie poprawić linki hamulcowe – stwierdził.

– Chyba masz rację – przyznał zegarmistrz i przystąpił do pracy. – Słuchaj, Max.

– Tak, tato?

– Przestań już może rozmyślać o tych rowerach, dobrze? To, co się przydarzyło tej biednej rodzinie, nie ma z nami nic wspólnego. Chyba powinienem był trzymać język za zębami – dodał zegarmistrz z niedającym się ukryć wyrazem zatroskania na twarzy.

– Dajmy spokój. – Max raz jeszcze sprawdził hamulce. – Tak jest dobrze.

– No to ruszaj.

– Nie pojedziesz ze mną? – zapytał Max.

– Po południu, o ile jeszcze będziesz miał ochotę, pokażę ci, gdzie raki zimują. Ale teraz, o jedenastej, muszę się spotkać z niejakim Fredem, od którego mam wynająć lokal. Interes przede wszystkim. Trzeba jak najszybciej otworzyć zakład.

Maximilian Carver zebrał narzędzia i wytarł ręce w jedną z irchowych ściereczek. Max popatrzył na niego, zastanawiając się, jaki też mógł być ojciec, kiedy miał tyle lat co on. W ich rodzinie zwykło się mawiać, że syn podobny jest do ojca, ale twierdzono również, że Irina jest podobna do Andrei Carver, co było jedną z tych idiotycznych, stereotypowych uprzejmości powtarzanych ustawicznie przez babcie, ciotki i całą tę menażerię kuzynów i pociotków pojawiających się co roku przy świątecznym stole.

– Oto Max w charakterystycznym dla siebie transie – uśmiechając się, podsumował zegarmistrz.

– A wiesz, że tuż przy tym lesie za domem jest ogród z posągami? – wypalił Max, zaskoczony równie jak ojciec zadawanym przez siebie pytaniem.

– Na pewno jest tu bardzo dużo rzeczy, których jeszcze nie widzieliśmy. W garażu pełno jest przeróżnych pudeł i skrzyń, nie mówiąc już o kotłowni. To istne muzeum. Mam wrażenie, że wystarczy, byśmy sprzedali wszystkie starocie i graty antykwariuszowi, a nawet nie będę musiał otwierać zakładu; pewnie moglibyśmy zostać rentierami.

Maximilian spojrzał na syna uważnie.

– Słuchaj, siadaj na rower i jedź już, bo szybko ci zardzewieje i znowu zmieni się w antyk.

- Już nim jest - powiedział chłopiec, wskakując na siodełko i naciskając na pedały roweru, na którym Jacob Fleischmann pewnie nigdy się nie przejechał.

Max pojechał ścieżką wzdłuż plaży w kierunku miasteczka. Minął długi rząd domów, bliźniaczo podobnych do nowej rezydencji Carverów, urywający się tuż przy małej zatoczce, w której chronił się port rybacki. Przy starym nabrzeżu zacumowanych było zaledwie kilka kutrów i wiele małych, drewnianych łodzi długości najwyżej czterech metrów, których miejscowi rybacy używali do rozciągania sieci w pobliskich wodach przybrzeżnych, nie dalej niż sto metrów od plaży.

Max lawirował rowerem w labiryncie wyciągniętych na brzeg łodzi, przeznaczonych do remontu, i stosów drewnianych skrzynek z rybnego targu. Ze wzrokiem utkwionym w małej latarni morskiej wjechał na osłaniający port falochron w kształcie półksiężyca. Dotarłszy do końca, zmęczony już nieco, zszedł z roweru i oparł go o latarnię. Rozejrzawszy się, usiadł na jednym z ogromnych, wystawionych na pastwę fal morskich głazów. Mógł z tego miejsca, mrużąc mocno oczy, przyglądać się lśniącemu milionem iskier i bezkresnemu morzu.

Po kilku zaledwie minutach z zadumy wyrwał go widok wysokiego i chudego chłopca, jadącego rowerem po falochronie. Chłopak, szesnasto-, może siedemnastolatek, tak przynajmniej zdawało się Maxowi, skierował się ku latarni i oparł swój rower o rower Maxa. Odgarnąwszy z czoła gęste włosy, podszedł do kamienia zajętego przez Maxa.

– Cześć. To wy żeście się wprowadzili do domu na skraju plaży?

Max przytaknął.

– Jestem Max.

Chłopak o przenikliwych zielonych oczach i twarzy ogorzałej od słońca i wiatru wyciągnął doń rękę.

– Roland. Witamy w Nudach na Pudach.

Max uśmiechnął się i uścisnął dłoń Rolanda.

– Jak tam dom? Podoba wam się? – zapytał chłopak.

– Zdania są podzielone. Mój ojciec jest zachwycony. Reszta rodziny bynajmniej nie – wyjaśnił Max.

– Poznałem go parę miesięcy temu, kiedy przyjechał po raz pierwszy do miasteczka – powiedział Roland. – Sympatycznego masz ojca. Jest zegarmistrzem, prawda?

Max skinął głową.

– Może i jest sympatyczny – potwierdził Max. – Jak kiedy. Ale czasami przychodzą mu do głowy głupie pomysły. Na przykład przeprowadzka do takiej dziury jak ta.

– A dlaczego żeście tu przyjechali? – spytał Roland.

– Wojna – odparł Max. – Mój ojciec uważa, że miasto nie jest dziś najlepszym miejscem do życia. I chyba ma rację.

– Wojna – powtórzył Rolad, spuszczając wzrok. – Mam powołanie na wrzesień.

Maxa zatkało. Roland zrozumiał jego zakłopotanie i znowu się uśmiechnął.

– Każda rzecz ma swoją dobrą stronę – powiedział. – Może to moje ostatnie lato w tej mieścinie.

Max bez przekonania odwzajemnił uśmiech nowego kolegi. Pomyślał, że za kilka lat, o ile wojna nie skończy się wcześniej, także i on otrzyma wezwanie do wojska. Nawet w tak piękny dzień jak ten wszechobecne widmo wojny spowijało przyszłość zasłoną gęstych, czarnych chmur.

– Pewno nie widziałeś jeszcze miasteczka – rzekł Roland.

Max kiwnął głową.

– W takim razie wskakuj na rower. Masz niepowtarzalną okazję odbyć wycieczkę na dwóch kółkach z najlepszym przewodnikiem.

* * *

Wiele wysiłku kosztowało Maxa, by nadążyć za Rolandem. Przejechali niecałe dwieście metrów od krańca falochronu, a już poczuł, jak krople potu zaczynają spływać mu po czole i plecach. Roland odwrócił się i uśmiechnął z przekąsem.

– Brakuje kondycji, co? Tak to jest, jak się wiedzie życie mieszczucha – krzyknął, nie zwalniając tempa.

Jechali najpierw ścieżką wzdłuż wybrzeża, by potem odbić i zagłębić się w ulice miasteczka. Max, który zostawał coraz bardziej z tyłu, odetchnął wreszcie z ulgą, kiedy zobaczył, że Roland zwalnia i w końcu zatrzymuje się na samym środku placu, przy kamiennej fontannie. Max dobił do niego, rzucił rower na ziemię i tęsknie popatrzył w kierunku chłodnej, bijącej z fontanny wody.

– Nie radzę – ostrzegł Roland, jakby czytając w jego myślach. – Kolka cię złapie.

Max westchnął głęboko i włożył głowę pod strumień zimnej wody.

– Będziemy jechać wolniej – obiecał Roland.

Max pozwolił jeszcze przez chwilę, by woda zalewała mu czoło, włosy i koszulę, po czym, ociekając jak zmokła kura, położył się na kamieniach. Roland nie przestawał się uśmiechać.

– Prawdę mówiąc, nie spodziewałem się, że tyle wytrzymasz. Jesteśmy teraz – pokazał ręką dookoła – w centrum miasteczka. Plac przed ratuszem. Ten budynek to siedziba sądu, teraz stoi pusty. W niedzielę odbywa się tu targ. A wieczorami, w lecie, na ścianie ratusza wyświetlają filmy. Same starocie, w dodatku najczęściej wkładają szpule nie po kolei.

Max pokiwał głową, starając się złapać oddech.

– Brzmi zachęcająco, nie? – zapytał Roland. – Mamy tu też bibliotekę, ale dam sobie rękę uciąć, że nie ma w niej więcej niż sześćdziesiąt książek.

– To co człowiek ma tutaj do roboty? – zdołał wykrztusić Max. – Poza jazdą na rowerze?

– Dobre pytanie. Widzę, że powoli zaczynasz rozumieć. Pedałujemy dalej?

Max westchnął i wrócili do rowerów.

– Ale teraz ja będę prowadzić – zażądał Max. Roland wzruszył ramionami i wskoczył na siodełko.

* * *

Przez dwie godziny Roland obwoził Maxa po wszystkich uliczkach miasteczka i jego okolicach. Dotarli do klifu na południowym skraju, gdzie Roland wyjawił Maxowi, że właśnie znajdują się w najlepszym miejscu do nurkowania: nad wrakiem statku zatopionego w tysiąc dziewięćset osiemnastym roku, z czasem przemienionym w podmorską dżunglę, w której rosły najprzedziwniejszego rodzaju algi. Roland opowiedział, jak podczas okropnego sztormu dryfujący statek rozbił się o podwodne skały. Nawałnica szalejąca w ciemną, rozjaśnianą jedynie błyskawicami noc dokonała ostatecznego dzieła zniszczenia. Zatonęli wszyscy członkowie załogi. Niemal wszyscy, bo jeden z rozbitków zdołał się jednak uratować. Tym ocalałym z tragedii rozbitkiem był inżynier, który chcąc wyrazić wdzięczność opatrzności za uratowanie mu życia, osiadł w miasteczku i na najwyższym urwisku skalnym, górującym nad miejscem dramatu, który rozegrał się owej nocy, wybudował potężną latarnię morską. Człowiek ten, w podeszłym już wieku, nadal był latarnikiem i, co tu kryć, przyszywanym dziadkiem Rolanda. Po morskiej katastrofie jedna z miejscowych rodzin zawiozła ocalałego rozbitka do szpitala i zajmowała się nim, dopóki całkowicie nie odzyskał zdrowia. Kilka lat później małżeństwo zginęło w wypadku samochodowym, latarnik zaś zaopiekował się małym, wówczas niespełna rocznym Rolandem.

Chłopiec mieszkał w domu przy latarni morskiej, choć większość czasu spędzał w wybudowanym przez siebie szałasie, u podnóża skalistego urwiska.

W każdym razie latarnik był jak p r a w d z i w y dziadek. W głosie opowiadającego Rolanda dawało się odczuć nutkę goryczy, Max wysłuchał jednak do końca, powstrzymując się od zadawania jakichkolwiek pytań. Skończywszy opowieść, Roland zaczął oprowadzać Maxa po uliczkach sąsiadujących ze starym kościołem, przedstawiając nowo przybyłego napotkanym po drodze sąsiadom, którzy serdecznie witali Maxa w swym miasteczku.

W końcu dość już wymęczony Max uznał, że nie ma potrzeby, by w jeden dzień poznawał od razu całe miasteczko i jego okolice, a że wszystko wskazuje na to, iż spędzić mu przyjdzie tutaj parę lat, więc na pewno czasu będzie miał aż nadto, by odkryć jego przeróżne tajemnice, o ile takowe w ogóle istniały.

– Masz rację – przytaknął Roland. – Słuchaj, latem prawie codziennie chodzę rano nurkować przy zatopionym statku. Może chcesz się tam jutro ze mną wybrać?

– Jeśli nurkujesz tak samo, jak jeździsz na rowerze, to już po mnie – stwierdził Max.

– Mam jeszcze jedną maskę i płetwy – wyjaśnił Roland.

Oferta brzmiała kusząco.

– W porządku. Czy coś przynieść?

Roland pokręcił głową.

– Zostaw to mnie, zajmę się wszystkim. Chociaż właściwie mógłbyś przynieść śniadanie. Przyjadę po ciebie o dziewiątej.

– O wpół do dziesiątej.

– Tylko nie zaśpij.

Kiedy Max siadał na rower, by popedałować z powrotem do domu, kościelne dzwony biły właśnie trzecią. Kłęby czarnych chmur, zwiastujących nieuchronny deszcz, z wolna zaczęły zasnuwać słońce. Max, jadąc już ścieżką wzdłuż wybrzeża, spojrzał za siebie. Roland stojący przy swoim rowerze pomachał mu na pożegnanie.

* * *

Burza rozpętała się nad miasteczkiem niczym ponure widowisko z jarmarcznego przedstawienia trupy wędrownej. W kilka chwil niebo zaciągnęło się ołowiem, a morze przybrało metaliczną i mętną barwę rtęci. Z pierwszymi błyskawicami, które przecięły niebo, nadeszły silne porywy nadciągającej od morza nawałnicy. Max pedałował, ile sił w nogach, ale ulewa dopadła go, kiedy do domu na skraju plaży brakowało mu pięćset metrów. Gdy dotarł wreszcie do białego płotu, ociekał strumieniami wody, jakby przed chwilą wynurzył się z morza. Jak mógł najszybciej, popędził do garażu, by schować rower, po czym, przebiegłszy z powrotem przez podwórze, tylnymi drzwiami wpadł do domu. W kuchni nie było nikogo, ale w powietrzu unosił się smakowity aromat. Max zauważył leżącą na stole tacę kanapek z wędliną i dzban lemoniady domowej roboty. Obok tacy znalazł karteczkę zapisaną rozpoznawalnym natychmiast, eleganckim pismem Andrei Carver.

Maksie, to jest twój obiad. Pojechaliśmy z tatą do miasteczka. Mamy do załatwienia kilka spraw związanych z domem. NIE korzystaj z łazienki na piętrze pod żadnym pozorem. Irina jest z nami.

Max odłożył kartkę i sięgnął po tacę z kanapkami, żeby ją zabrać do swojego pokoju na górze. Poranny maraton rowerowy zupełnie go wykończył. Był głodny jak wilk. Dom zdawał się pusty. Alicji chyba nie było albo zamknęła się w pokoju. U siebie przebrał się w suche ubranie i położył na łóżku, by z rozkoszą spałaszować przygotowane przez matkę kanapki. Na zewnątrz lało jak z cebra, a okna drżały od huku piorunów. Zapalił nocną lampkę i sięgnął po książkę o Koperniku podarowaną mu przez ojca. Kiedy po raz czwarty zaczął czytać ten sam akapit, zdał sobie sprawę, że głowę ma zaprzątniętą wyłącznie myślami o jutrzejszym spotkaniu z Rolandem i wspólnym nurkowaniu w miejscu, gdzie na dnie spoczywał zatopiony wrak. W niespełna dziesięć minut uwinął się z kanapkami, potem zamknął oczy, wsłuchując się w bębniące o dach i szyby krople deszczu. Lubił deszcz i szum spływającej rynnami wody.

Podczas ulewnych deszczy zawsze miał wrażenie, że czas staje w miejscu. Jakby następowało zawieszenie, swego rodzaju antrakt, podczas którego można było spokojnie odłożyć to, co się akurat robiło, by po prostu stanąć przy oknie i całymi godzinami patrzeć w zadziwieniu na ten spektakl opadającej bez końca kurtyny łez. Odłożył książkę na nocny stolik. Powoli, zasłuchany w hipnotyzujące dźwięki deszczu, zapadł w sen.

Rozdział piąty

Obudziły go dochodzące z parteru głosy rodziców i stukot kroków biegającej w kółko po schodach małej Iriny. Chociaż było już ciemno, Max od razu spostrzegł, że burza przeszła, zostawiając rozpięty na niebie gwiaździsty namiot. Rzucił okiem na zegarek i ze zdumieniem stwierdził, że przespał prawie sześć godzin. Wstawał już, gdy rozległo się pukanie do drzwi.

– Pora na kolację, śpiący rycerzu – zabrzmiał donośnie zza drzwi przepełniony entuzjazmem głos Maximiliana Carvera.

Przez chwilę Max nie bardzo wiedział, co też może być przyczyną tej euforycznej radości ojca. Ale szybko przypomniał sobie, jak podczas śniadania ojciec przyrzekł im, że jeszcze tego wieczoru uruchomi projektor i zorganizuje im seans filmowy.

– Już schodzę – odpowiedział Max, czując jeszcze w ustach smak pieczywa i wędlin ze spałaszowanych nie tak dawno kanapek.

– Pospiesz się – rzucił zegarmistrz z dołu schodów.

Chociaż Max, obżarty kanapkami, nie czuł w ogóle głodu, zszedł jednak do kuchni i przysiadł się do rodzinnego stołu. Alicja, zatopiona w myślach, wpatrywała się w talerz, nie tykając kolacji. Irina pochłaniała żarłocznie swoją porcję, szepcząc niezrozumiałe słowa siedzącemu u jej stóp i zapatrzonemu w nią jak w obrazek wstrętnemu kotu. Wszyscy spokojnie przysłuchiwali się Maximilianowi Carverowi, który opowiadał, jak to znalazł w miasteczku lokal na zakład zegarmistrzowski, idealnie nadający się do rozkręcenia na nowo rodzinnego interesu.

– A ty, Max, jak spędziłeś dzień? – zapytała Andrea Carver.

– Byłem w miasteczku – odpowiedział chłopiec. Reszta rodziny spojrzała na niego pytająco, jakby oczekując bardziej wyczerpującej odpowiedzi. – Poznałem kolegę. Ma na imię Roland. Jutro idziemy razem nurkować.

– Max ma już kolegę – wykrzyknął tryumfalnie Maximilian Carver. – A nie mówiłem?

– A możesz nam o nim powiedzieć coś więcej? Jaki on jest? – zapytała Andrea Carver.

– Czy ja wiem? Sympatyczny. Mieszka ze swoim dziadkiem, latarnikiem. Objechaliśmy całe miasteczko, pokazał mi wszystkie zakątki.

– A gdzie macie zamiar nurkować? – zapytał zegarmistrz.

– Na plaży południowej, po drugiej stronie portu. Roland mówi, że leży tam wrak zatopionego wiele lat temu statku.

– A ja mogę pójść z nimi? – wtrąciła się Irina.

– Wykluczone – ucięła Andrea Carver. – A nie jest to zbyt niebezpieczne, Maksiu?

– Mamo...

– No dobrze – przyzwalająco westchnęła Andrea Carver. – Ale bądź ostrożny.

Max pokiwał głową.

– Ja w twoim wieku świetnie nurkowałem – zaczął Maximilian Carver.

– Daj spokój, kochanie, innym razem – przerwała mu żona. – Nie obiecywałeś nam przypadkiem jakiegoś seansu filmowego?

Maximilian Carver rozłożył ręce i wstał, gotów podjąć się obowiązków kinooperatora.

– Pomóż ojcu, Max.

Max, zanim zrobił to, o co go proszono, przez chwilę przypatrywał się Alicji, która przez całą kolację nie odezwała się ani słowem. Jej nieobecne spojrzenie zdawało się głośno domagać choć odrobiny uwagi, ale z jakiegoś powodu – Max nie bardzo wiedział jakiego – nikt poza nim jakby tego nie dostrzegał, a może wszyscy woleli udawać, że niczego nie widzą. Ich oczy spotkały się na chwilę. Max spróbował się uśmiechnąć.

– Chcesz iść jutro z nami? – zaproponował. – Roland na pewno ci się spodoba.

Na ustach Alicji pojawił się blady uśmiech. Pokiwała głową i chociaż nic nie powiedziała, Maxowi zdawało się, że w jej głębokich, ciemnych oczach widzi iskierki światła.

* * *

– Gotowe. Zgaście światło! – polecił uroczystym głosem Maximilian Carver, umieszczając szpulę filmu w projektorze. Machina wyglądała tak, jakby pochodziła z epoki samego Kopernika, i Max miał poważne wątpliwości, czy uda się wprawić ją w ruch.

– Co takiego obejrzymy? – spytała Andrea Carver, tuląc w ramionach małą Irinę.

– Nie mam zielonego pojęcia – przyznał zegarmistrz. – W garażu znalazłem wielkie pudło z tuzinami filmów, żaden nie jest podpisany. Wziąłem kilka, na chybił trafił. Nie zdziwiłbym się, gdyby nie było nic widać. Emulsje, którymi powleka się celuloid, bardzo łatwo ulegają zniszczeniu i po tylu latach najprawdopodobniej zdążyły się odkleić.

– Co chcesz przez to powiedzieć? – przerwała Irina. – Że nic nie zobaczymy?

– Jest tylko jeden sposób, by się o tym przekonać – odparł Maximilian Carver, kręcąc korbą projektora.

Z urządzenia dobył się natychmiast hałas przypominający warkot starego motocykla, a drgający snop z obiektywu przeciął pokój niczym świetlista lanca.

Max skupił wzrok na prostokącie, który pojawił się na białej ścianie. Wyobraził sobie, że zagląda teraz do wnętrza latarni czarnoksięskiej, chcąc się przekonać, jakie wizje mogą się kryć w podobnym wynalazku. Z emocji wstrzymał oddech. Po chwili strumień obrazów zalał ścianę.

* * *

Już po pierwszej sekwencji Max był zupełnie pewien, że ten film nie pochodzi bynajmniej z magazynu jakiegoś starego kina. Nie była to kopia żadnego szlagieru srebrnego ekranu ani nawet zagubiona szpula nieszczególnie zabawnej niemej komedii. Nieostre ujęcia, które czas zatarł jeszcze bardziej, nie pozostawiały najmniejszej wątpliwości, że ich autor był amatorem. Mieli przed sobą film domowej roboty, nakręcony zapewne wiele lat temu przez dawnego właściciela tego domu – doktora Fleischmanna. Max pomyślał, że pewno takiego samego pochodzenia jest reszta szpul, które ojciec znalazł w garażu obok starożytnego projektora. Rojenia Maximiliana Carvera o domowym kinie w kilka sekund legły w gruzach.

Film był nieudolnym zapisem spaceru przez coś, co przypominało las. Nakręcony został z ręki. Operator szedł powoli pomiędzy drzewami; obraz, to jasny, to znów tak ciemny, że nic nie było widać, skakał chaotycznie, ukazując rozmyte kształty, po których nie sposób było rozpoznać miejsca będącego scenerią dziwnej przechadzki.

– Co to w ogóle jest? – wykrzyknęła Irina zawiedziona, patrząc na ojca, jakby domagała się od niego wyjaśnień. Maximilian Carver z konsternacją oglądał ten dziwny i od pierwszej minuty projekcji przeraźliwie nudny film.

– Nie wiem – mruknął zegarmistrz, wyraźnie przygaszony. – Tego się nie spodziewałem...

Również i Max zaczynał tracić zainteresowanie tego typu domowym kinem, kiedy wśród chaotycznej kaskady obrazów ukazało się coś, co zwróciło jego uwagę.

– A może spróbujemy z inną szpulą, kochanie? – zaproponowała Andrea Carver, starając się ocalić przed ostateczną katastrofą złudzenia męża co do garażowej kolekcji filmów.

– Poczekaj – poprosił Max, rozpoznając na filmie znajome miejsce.

Teraz kamerzysta wynurzał się z lasu i szedł w kierunku otoczonej wysokim kamiennym murem posiadłości i dużej bramy z żelaznymi sztachetami. Max zobaczył mury i bramę prowadzącą do posesji, którą wczoraj odwiedził.

Całkowicie zafascynowany, obserwował, jak kamera, z początku jakby potknąwszy się, odzyskuje równowagę, by następnie zacząć zagłębiać się w ogród z posągami.

– Wygląda jak cmentarz – szepnęła Andrea Carver.
– Co to jest?

Kamera przesuwała się powoli po ogrodzie. Max szybko stwierdził, że sceneria filmu ma niewiele wspólnego z zapuszczonym miejscem, na które natrafił. Nie było chaszczy i zielska, a ułożone na ziemi kamienne płyty aż lśniły, wypucowane, jakby jakiś zapobiegliwy dozorca, pracując dzień i noc, starał się utrzymać zakątek w nieskazitelnej czystości.

Kamera zatrzymywała się na każdym z posągów ustawionych w punktach kardynalnych wielkiej gwiazdy, której zarys można było dojrzeć bez najmniejszego problemu u podnóża figur. Max rozpoznawał białe kamienne twarze i odzienia jarmarcznych straganiarzy. Było coś niepokojącego w pełnej napięcia postawie, w jakiej ukazane zostały rzeźby, i w teatralnym grymasie zakrzepłym na ich twarzach, w znieruchomieniu, które wydawało się tylko udawane.

Kamera filmowała członków trupy cyrkowej jednym ciągłym ujęciem, bez żadnego cięcia. Carverowie przypatrywali się ekranowym zjawom w milczeniu. Słychać było jedynie terkot projektora.

W końcu obiektyw kamery skierowany został ku środkowi gwiazdy nakreślonej na ziemi posesji. Na ekranie pojawiła się wyraźnie wydobyta z tła sylwetka stojącego w centralnym punkcie uśmiechniętego klowna. Max przyjrzał się uważnie rysom owej twarzy i tak jak wówczas, gdy stał twarzą w twarz z posągiem, poczuł przeszywający dreszcz. Było w wizerunku coś, co nie zgadzało się z zapamiętanym przez niego obrazem, ale kiepska jakość taśmy nie pozwalała na pełny ogląd rzeźby i stwierdzenie, co to takiego. Rodzina Carverów siedziała w milczeniu, podczas gdy ostatnie metry taśmy przewijały się z jednej szpuli na drugą. Maximilian Carver wyłączył projektor i zapalił światło.

– Jacob Fleischmann – szepnął Max. – To są amatorskie filmy Jacoba Fleischmanna.

Ojciec Maxa skinął głową. Seans filmowy dobiegł końca i Max przez krótką chwilę miał wrażenie, że obecność tego niewidzialnego gościa, który niemal dziesięć lat temu utonął nieopodal, na pobliskiej plaży, emanowała z każdego kąta tego domu, z każdego stopnia schodów, tak że sam Max zaczął się czuć jak intruz.

Maximilian Carver, nie siląc się na jakiekolwiek komentarze, przystąpił do składania projektora, Andrea Carver zaś, wziąwszy młodszą córkę na ręce, zaniosła ją na górę do łóżka.

– Mogę spać z tobą, mamo? – spytała Irina, tuląc się do matki.

– Zostaw to, tato – powiedział Max do ojca. – Ja złożę i schowam.

Maximilian uśmiechnął się i poklepał syna po plecach.

– Dobranoc, synu – powiedział, po czym odwrócił się do córki. – Dobrej nocy, Alicjo.

– Dobranoc, tato – odparła Alicja, patrząc na ojca, idącego po schodach do sypialni, z wyrazem zmęczenia i rozczarowania na twarzy.

Kiedy kroki zegarmistrza ucichły, Alicja spojrzała na Maxa, marszcząc brwi.

– Powiem ci coś, ale przysięgnij, że nikomu o tym nie powiesz.

Max skinął głową.

– Przysięgam. A co to takiego?

– Klown. Ten klown z filmu – zaczęła Alicja. – Ja już go widziałam wcześniej. We śnie.

– Kiedy? – zapytał Max, czując, jak tętno mu przyspiesza.

– Ostatniej nocy przed przeprowadzką do tego domu – odpowiedziała siostra.

Max usiadł naprzeciwko Alicji. Trudno było wyczytać jakiekolwiek emocje z jej twarzy, ale Max wyczuł czający się w oczach dziewczyny strach.

– Opowiedz mi wszystko – poprosił Max. – Co takiego ci się śniło?

– To dziwne, ale we śnie on był, jak by ci to powiedzieć, jakiś inny – zaczęła Alicja.

– Inny? – przerwał Max. – Czyli jaki?

– To nie był klown. Sama nie wiem – odpowiedziała, wzruszając ramionami, jakby chciała rzecz całą zbagatelizować, aczkolwiek drżący głos zdradzał jej rzeczywisty stan. – Myślisz, że ten sen coś znaczy?

– Nie sądzę – skłamał Max. – Pewno nic nie znaczy.

– Też tak myślę – uznała Alicja. – A jutro idziemy nurkować? Tak jak się umawialiśmy...

– Jasne. Mam cię obudzić?

Alicja uśmiechnęła się do młodszego brata. Po raz pierwszy od kilku miesięcy, może nawet lat, Max zobaczył, że siostra uśmiechnęła się do niego.

– Sama się obudzę – odparła Alicja, idąc do swego pokoju. – Dobranoc.

– Dobranoc – odpowiedział Max.

Odczekał, aż usłyszy trzask zamykających się za Alicją drzwi, po czym usiadł w fotelu przy projektorze. Słyszał półszept rozmawiających w sypialni rodziców. W innych częściach domu zaległa nocna cisza, mącona tylko przez dochodzący od strony plaży szum morza. Max poczuł, że ktoś go śledzi. Kot Iriny, przyczajony u dołu schodów, przyglądał mu się żółtawymi i błyszczącymi oczyma. Max zmierzył się z nim wzrokiem.

– Znikaj stąd – rozkazał.

Kot wytrzymał przez chwilę spojrzenie Maxa, po czym zniknął w ciemnościach. Chłopiec wstał z fotela i zaczął składać projektor i chować taśmy do kasety. Zamierzał odnieść wszystko z powrotem do garażu, ale myśl, żeby w środku nocy wychodzić na zewnątrz, wydała mu się mało zachęcająca. Zgasił światła w salonie i poszedł na górę do swojego pokoju. Wyjrzał za okno w stronę niewidocznego w nocy ogrodu posągów. Wyciągnął się na łóżku i zgasił lampkę na stoliku.

Wbrew oczekiwaniom ostatnim obrazem, jaki zagościł w jego myślach, zanim ogarnął go sen, był ów nieoczekiwany uśmiech siostry sprzed kilku minut, a nie ponury spacer filmowy po ogrodzie posągów. Był to oczywiście niewiele znaczący odruch, ale z jakiegoś powodu, które-go nie rozumiał, Max czuł, że nawiązała się pomiędzy nimi wreszcie nić porozumienia i że począwszy od tej nocy, nigdy już nie będzie patrzył na siostrę jak na zupełnie nieznaną sobie osobę.

Rozdział szósty

Ledwie zaczęło dnieć, Alicja obudziła się, czując, że zza okna świdruje ją para przenikliwych żółtych oczu. Zerwała się gwałtownie, kot Iriny zaś niespiesznie oddalił się po parapecie. Alicja nie znosiła tego zwierzaka, jego wyniosłości i odstręczającego zapachu, który zdradzał jego obecność, choć fizycznie kot pojawiał się w pomieszczeniu dopiero po chwili. Już nie po raz pierwszy przyłapała go na tym, że w podejrzany sposób ją podpatruje. Od samego początku, gdy w końcu udało się Irinie sprowadzić wstrętnego kocura do domu na skraju plaży, Alicja widziała, że zwierzak bardzo często nieruchomieje na jakiś czas, przyczajony w progu lub w jakimś ciemnym zakamarku, nie spuszczając z oka wybranego członka rodziny, szpiegując niemal każdy jego ruch. W głębi serca Alicja miała nadzieję, że podczas którejś z nocnych eskapad zostanie rozszarpany na kawałki przez jakiegoś bezpańskiego psa.

* * *

Za oknem towarzysząca zawsze pierwszym światłom brzasku purpura nieba zaczynała się rozjaśniać i promienie słońca przebijały się przez las za ogrodem posągów. Kolega Maxa miał przyjechać po nich dopiero za kilka godzin. Alicja opatuliła się kołdrą i choć dobrze wiedziała, że już nie zaśnie, zamknęła oczy, wsłuchując się w daleki odgłos morskich fal rozbijających się o brzeg.

Po jakimś czasie Max delikatnie zastukał w jej drzwi.

Alicja cichutko zeszła na dół. Max i jego przyjaciel czekali na zewnątrz. Słysząc dochodzące z ganku głosy, zawahała się, lecz po chwili odetchnęła głęboko i pchnęła drzwi.

Max, oparty o barierkę, odwrócił się i uśmiechnął. Przy nim stał chłopak o ogorzałej twarzy i płowej czuprynie, wyższy o głowę od Maxa.

– To jest Roland – przedstawił go Max. – Rolandzie, moja siostra Alicja.

Roland przywitał się sympatycznie i szybko odwrócił wzrok ku rowerom, ale nie na tyle szybko, by uwagi Maxa uszedł moment, gdy spojrzenia siostry i przyjaciela się spotkały. Uśmiechnął się do siebie i pomyślał, że najbliższa przyszłość zapowiada się o wiele zabawniej, niż przypuszczał.

– Jak pojedziemy? – spytała Alicja. – Są tylko dwa rowery.

– Chyba najprościej będzie, jak Roland weźmie cię na ramę – zaproponował Max. – Prawda, Rolandzie?

Roland wbił wzrok w ziemię.

– Nie ma sprawy – burknął. – Ale ty bierzesz cały sprzęt.

Max elastyczną linką przytroczył do rowerowego bagażnika sprzęt do nurkowania. Dobrze wiedział, że w garażu stoi jeszcze jeden rower, ale pomysł, by Roland przewiózł jego siostrę, wydał mu się nader zabawny. Alicja usiadła na siodełku i objęła Rolanda w pasie. Na nic zdała się Rolandowi opalenizna. Max i tak dostrzegł, że jego nowy przyjaciel pomimo wysiłków czerwieni się po uszy.

– Już siedzę – powiedziała Alicja. – Mam nadzieję, że nie jestem za ciężka.

– No to w drogę – zakomenderował Max i ruszył ścieżką wzdłuż wybrzeża. Roland z Alicją na siodełku za nim.

Niebawem Roland go wyprzedził i znowu Max musiał mocno pedałować, jeśli nie chciał zostać w tyle.

– Wygodnie? – zapytał Roland Alicję.

Alicja przytaknęła, odwrócona i zapatrzona w dom na skraju plaży, który robił się coraz mniejszy, by w końcu zniknąć w oddali.

* * *

Mało uczęszczana, bo zbyt kamienista plaża na południowym krańcu miasteczka miała kształt wydłużonego półksiężyca. Pokryta była wygładzonymi przez wodę otoczakami, dużą ilością muszli i różnego rodzaju morskimi odpadkami, jakie na brzeg wyrzucały fale bądź nanosiły przypływy, by pozostawić je na pastwę słonecznych promieni. Plaża dochodziła do niemal pionowej ściany klifu, na którego szczycie wznosiła się samotnie ciemna sylwetka latarni morskiej.

– To latarnia mojego dziadka – powiedział Roland, wskazując ręką, gdy schodzili z rowerów, by pozostawić je przy jednej z wijących się pośród skał ścieżek na plażę.

– Mieszkacie tam? – zapytała Alicja.

– Można tak powiedzieć – odparł Roland – bo zbudowałem sobie już jakiś czas temu małą chatkę, tu, na samej plaży, i właściwie to jest mój dom.

– Swoją własną chatkę? – nie wierzyła Alicja, usiłując wypatrzyć ją na brzegu.

– Stąd jej nie zobaczysz – uprzedził Roland. – Tak naprawdę kiedyś była to rybacka szopa. Z czasem została przez mieszkańców porzucona i niszczała. Zrobiłem to i owo i teraz całkiem nieźle wygląda. Sami zobaczycie.

Roland doprowadził ich na plażę i zdjął sandały. Słońce świeciło coraz mocniej, a morze lśniło niczym roztopione srebro. Na plaży nie było nikogo, a znad oceanu nadchodziła bryza przesycona zapachem saletry.

– Uważajcie na kamienie. Ja jestem przyzwyczajony, ale jak ktoś nie ma wprawy, może się łatwo przewrócić.

Alicja z Maxem szli po kamieniach trop w trop za Rolandem, by po chwili stanąć przed jego chatką. Był to drewniany domek pomalowany na niebiesko i czerwono. Na zbitym z desek maleńkim ganku Max dostrzegł zwisającą z łańcucha zardzewiałą latarnię.

– To ze statku – wyjaśnił Roland. – Mam tutaj mnóstwo rzeczy wyciągniętych z wraku. No i co powiecie?

– Fantastyczna chata – wykrzyknęła Alicja. – Śpisz tutaj?

– Czasami. Zwłaszcza latem. Zimą jest nieprzyjemnie, a poza tym nie lubię zostawiać dziadka samego w latarni.

Roland otworzył drzwi do chatki i wpuścił Alicję i Maxa.

– Zapraszam serdecznie. Witajcie w moim pałacu.

Wewnątrz chatka Rolanda podobna była do jarmarku żeglarskich staroci. Łupy, które przez lata zdołał wydrzeć morzu, tworzyły atmosferę tajemniczej galerii legendarnych korsarskich skarbów.

– Same śmieci – wyjaśnił Roland – ale je zbieram. Może dzisiaj uda nam się coś wyłowić.

W pokoju, poza morskimi zdobyczami, znajdowały się: stara szafa, stół, kilka krzeseł, łóżko polowe, parę półek z książkami nad łóżkiem i lampa naftowa.

– Fajnie byłoby mieć taki dom – szepnął Max.

Roland uśmiechnął się z niedowierzaniem.

– Czekam na propozycje – zażartował, nie kryjąc satysfakcji z wrażenia, jakie jego chatka wywarła na nowych przyjaciołach.

Wrócili na plażę. Max z Alicją przyglądali się, jak Roland rozpakowuje sprzęt do nurkowania.

– Statek znajduje się jakieś dwadzieścia pięć, trzydzieści metrów od brzegu. Woda jest tu o wiele głębsza, niż się na pierwszy rzut oka wydaje; po trzech metrach nie gruntujesz. Kadłub leży na głębokości mniej więcej dziesięciu metrów – tłumaczył Roland.

Alicja i Max wymienili wymowne spojrzenia.

– Tak, za pierwszym razem nie powinno się w ogóle próbować schodzić tak nisko. Czasami, podczas martwej fali, tworzą się niebezpieczne prądy. Kiedyś przeraziłem się nie na żarty.

Roland podał Maxowi maskę i płetwy.

– No dobrze. Mamy tylko dwa komplety. Kto schodzi pierwszy?

Alicja wskazała na Maxa.

– Bardzo uprzejmie z twojej strony – burknął Max.

– Nie przejmuj się, Max – uspokoił go Roland. – Pierwsze koty za płoty. Kiedy nurkowałem po raz pierwszy, myślałem, że dostanę zawału. W jednym z kominów nagle zobaczyłem ogromną murenę.

– Ogromną co? – przerwał mu Max.

– Nic takiego – odparł szybko Roland. – Żartowałem. Tam na dole nie ma żadnych bestii. Słowo honoru. To dziwne, bo zazwyczaj zatopione wraki są jak ogromne akwaria pełne morskich stworzeń. A ten nie. Pewnie im nie przypadł do gustu. Ty, słuchaj, chyba nie masz cykora?

– Ja? Cykora? – obruszył się Max.

Max, choć zajęty wkładaniem płetw, kątem oka zdołał zauważyć, że Roland bezczelnie taksuje jego siostrę, jak zdejmuje bawełnianą sukienkę, by zostać tylko w białym kostiumie kąpielowym, zresztą jedynym, jaki miała. Alicja ostrożnie zamoczyła stopy, a następnie weszła do wody po kolana.

– Ty, słuchaj – szepnął Max do Rolanda. – To moja siostra, a nie ciastko. Rozumiemy się?

Roland posłał mu szelmowskie spojrzenie.

– Sam ją tu przyprowadziłeś – odparł z uśmiechem.

– Do wody – uciął Max. – Dobrze ci to zrobi.

Alicja odwróciła się i drwiącym spojrzeniem obrzuciła chłopców, ubranych w stroje, które upodabniały ich do ludzi-żab.

– Zabójczo wyglądacie.

Max i Roland spojrzeli na siebie przez maski.

– Jeszcze jedno – zaczął Max. – Nigdy wcześniej tego nie robiłem. Nie nurkowałem, znaczy. Pływałem w basenach, to tak, ale nie wiem, czy będę umiał...

Roland wzruszył ramionami.

– Umiesz oddychać pod wodą? – zapytał.

– Nie mówiłem, że jestem idiotą, tylko że nie potrafię nurkować – odpowiedział Max.

– Jeśli umiesz wstrzymać oddech pod wodą, umiesz nurkować – zamknął dyskusję Roland.

– Uważajcie na siebie – poprosiła Alicja. – Max, jesteś pewien, że to dobry pomysł?

– Nic się nie stanie, nie bój się – zapewnił Roland, potem odwrócił się do Maxa i poklepał go po ramieniu.

– Pan pierwszy, kapitanie Nemo.

* * *

Max nurkował w morzu po raz pierwszy w życiu i ku swemu największemu zdziwieniu odkrył, że przed jego oczyma otwiera się zupełnie nowy świat, kosmos świateł i cieni, którego istnienia nawet nie potrafił sobie wyobrazić. Snopy słonecznych promieni przenikały przez wodę, tworząc falujące leniwie, jasnomgliste zasłony, a tafla nad głową przypominała drżące, mętne zwierciadło. Max wstrzymał oddech na jakiś czas, po czym wypłynął na powierzchnię zaczerpnąć powietrza. Roland, płynący kilka metrów od niego, nie spuszczał zeń oka.

– Wszystko w porządku? – zapytał.

Max przytaknął z entuzjazmem.

– Widzisz? To łatwe. Trzymaj się mnie – krzyknął Roland, zanurzając się ponownie.

Max spojrzał na brzeg, na którym stała uśmiechnięta Alicja, machając ręką. Kiwnął do niej i ruszył za oddalającym się w głąb morza Rolandem. Gdy zatrzymali się i spojrzeli za siebie, cieniutka linia plaży i mała postać Alicji wyglądały, jakby pozostały bardzo daleko, chociaż Max był świadom, że od lądu dzieli ich zaledwie trzydzieści metrów. Morze sprawia, że dystanse się wydłużają. Roland dotknął ramienia Maxa i pokazał, że w tym miejscu powinni się zanurzyć. Max nabrał powietrza i upewniwszy się, że maska przylega szczelnie, zanurkował za Rolandem. Jego oczy potrzebowały paru sekund, by przyzwyczaić się do delikatnego podmorskiego półmroku. Dopiero wtedy ujrzał kadłub statku, przechylony na jedną z burt i otoczony aureolą magicznego światła. Wrak mógł liczyć około pięćdziesięciu metrów, może nawet więcej. Od dziobu po kil ziała ogromna wyrwa. Dziura w kadłubie wyglądała jak czarna otwarta rana, którą zadały ostre szpony podwodnych skał. Na dziobie, pod miedzianą warstwą rdzy i alg, można było odczytać nazwę: „Orfeusz".

„Orfeusz" wyglądał raczej na frachtowiec niż jednostkę pasażerską. Wgnieciona i poobtłukiwana stal kadłuba pokryta była kępami alg, lecz – tak jak mówił Roland – przy statku nie było ani jednej ryby. Chłopcy, nie zanurzając się zbyt głęboko i nabierając powietrza co sześć, siedem metrów, płynęli wysoko nad wrakiem, obserwując podmorski krajobraz po katastrofie. Roland twierdził, że statek leży na głębokości dziesięciu metrów, ale Maxowi owa odległość wydawała się teraz nieskończonością. Zaczął się zastanawiać, jakim cudem Roland zdołał wyłowić wszystkie przedmioty, które zgromadził w swojej chatce. Przyjaciel, jakby czytając w jego myślach, dał mu znak, by poczekał, po czym, szybko uderzając płetwami, odpłynął.

Max patrzył, jak Roland schodzi coraz niżej, by w końcu dotknąć palcami kadłuba „Orfeusza". Chwytając się wystających części wraku, nurek powoli przemieszczał się w stronę platformy, która w swoim czasie była mostkiem kapitańskim. Choć Max znajdował się dość daleko, wydawało mu się, iż ze swojego miejsca dostrzega nie tylko zarys koła sterowego, ale również przyrządy wewnątrz pomieszczenia. Roland znalazł się przy wyrwanych z zawiasów drzwiach i wpłynął do wnętrza zatopionego statku. Kiedy zniknął Maxowi z oczu, ten poczuł lekki dreszcz niepokoju. Nerwowo zastanawiając się, co miałby zrobić, gdyby Rolandowi w środku przydarzyło się coś nieoczekiwanego, nie odrywał wzroku od wyrwanych drzwi. Po kilku sekundach Roland wyłonił się ze sterówki i szybko zaczął się wynurzać, zostawiając za sobą girlandę pęcherzyków. Max wychylił głowę nad wodę i łapczywie zaczerpnął powietrza. Roland, uśmiechnięty od ucha do ucha, wychynął metr od Maxa.

– Niespodzianka! – wykrzyknął.

Max zauważył, że przyjaciel trzyma coś w ręku.

– Co to jest? – zapytał, wskazując dziwny metalowy przedmiot wyłowiony przez Rolanda ze sterówki.

– Sekstans.

Max uniósł brwi. Nie miał pojęcia, o co chodzi.

– Przyrząd, który służy do pomiaru położenia statku na morzu – wyjaśnił Roland, łapiąc zachłannie powietrze, po tym jak przez niemal minutę musiał wstrzymywać oddech. – Zanurkuję jeszcze raz. Potrzymaj.

Max chciał gwałtownie zaprotestować, ale nie zdążył nawet otworzyć ust, kiedy Roland zniknął pod wodą. Max zaczerpnął głęboko powietrza, by śledzić ruchy Rolanda, który płynął wzdłuż kadłuba ku rufie. Max na górze przepłynął parę metrów, by móc dobrze widzieć przyjaciela. Roland zbliżył się do jednego z bulajów, starając się zajrzeć do środka. Max wstrzymywał oddech, póki nie poczuł, że pękają mu płuca. Wypuścił powietrze, by szybko się wynurzyć i złapać tchu.

W tej samej jednak chwili jego oczom ukazał się widok, który go zmroził. Na wystającym z rufy „Orfeusza" maszcie falowała wystrzępiona i przegniła bandera. Max wytężył wzrok i rozpoznał ledwo widoczny symbol sześciopromiennej gwiazdy wpisanej w koło. Poczuł, jak strach chwyta go za gardło, a ciało pokrywa się gęsią skórką. Świetnie pamiętał ten symbol wykuty na żelaznej bramie ogrodu posągów.

Sekstans Rolanda wysunął mu się z rąk i powoli zniknął w toni. Ogarnięty panicznym strachem Max, rozpaczliwie machając rękoma, zaczął płynąć w stronę brzegu.

* * *

Pół godziny później, siedząc w cieniu ganku, Roland z Maxem przyglądali się Alicji szukającej między kamieniami starych muszli.

– Jesteś pewien, że gdzieś już widziałeś ten symbol?

Max skinął głową.

– Wiesz, pod wodą łatwo ulec złudzeniom: to, co widzisz, wcale nie jest tym, co ci się wydaje, że widzisz – zaczął Roland.

– Dobrze wiem, co widziałem – uciął Max. – Rozumiemy się?

– No dobra – ustąpił Roland. – Widziałeś symbol, który rzekomo znalazłeś również na tym niby-cmentarzu, na tyłach waszego domu. I co z tego?

Max zerwał się na równe nogi i natarł na przyjaciela.

– Jak to co z tego? Mam ci jeszcze raz wszystko od początku opowiadać?

Max przez ostatnie dwadzieścia pięć minut relacjonował ze wszystkimi szczegółami to, co zobaczył najpierw w ogrodzie posągów, a następnie na filmie Jacoba Fleischmanna.

– Nie ma takiej potrzeby – odparł sucho Roland.

– To dlaczego nie chcesz mi uwierzyć? – wybuchnął Max. – Myślisz, że sobie to wszystko wymyśliłem?

– Nie mówiłem, że ci nie wierzę – bronił się Roland, uśmiechając się lekko do Alicji, która wracała już ze swojego nadmorskiego spaceru z małą torbą pełną muszli. – Udany spacer?

– Ta plaża to muzeum – powiedziała Alicja, grzechocząc torbą zdobyczy.

Max, wściekły, wywrócił oczyma.

– Wierzysz mi czy nie? – zapytał, wbijając wzrok w Rolanda.

Przyjaciel rzucił mu szybkie spojrzenie i przez jakiś czas się nie odzywał.

– Wierzę – szepnął, wpatrzony teraz w dal horyzontu. Cień smutku przemknął mu po twarzy, co nie uszło uwagi Alicji.

– Max mówi, że twój dziadek był na tym statku w noc katastrofy – powiedziała, kładąc mu rękę na ramieniu.

– Naprawdę tak było?

Roland przytaknął niechętnie.

– Tylko on przeżył.

– Ale jak to się stało? – drążyła Alicja. – A może nie chcesz o tym rozmawiać? Przepraszam.

Roland pokręcił głową i uśmiechnął się do obojga.

– Nie, nie o to chodzi. I nie jest tak, Maksie, że nie wierzę w twoją opowieść. Rzecz w tym, że to już któryś raz słyszę o tym symbolu.

– A kto jeszcze go widział? – zapytał zaintrygowany Max. – Kto jeszcze mówił ci o nim?

– Mój dziadek. Od dziecka o nim słyszę. – Roland ruchem głowy zaprosił ich do środka. – Robi się chłodno. Wejdźmy lepiej do chatki. Opowiem wam historię statku.

* * *

Z początku Irinie zdawało się, że słyszy dochodzący z dołu głos matki. Andrea Carver często mówiła do siebie, krzątając się po domu, i nikt z rodziny nie dziwił się, że jej myśli stają się słyszalne. Ale chwilę później ku swojemu zdziwieniu Irina zobaczyła przez okno, jak matka żegna Maximiliana Carvera, udającego się do miasteczka w towarzystwie znanego już dziewczynce tragarza – jednego z osiłków, którzy poprzedniego dnia pomogli im przetransportować bagaż z dworca. Irina pojęła natychmiast, że w tej chwili jest w domu sama i że głos, który zdawało jej się słyszeć, musiał być jedynie złudzeniem. Ledwie to jednak pomyślała, usłyszała go znowu: tym razem rozlegał się w jej pokoju niczym przenikający przez ściany jednostajny pomruk.

Głos zdawał się dochodzić z szafy, a szeptanych słów nie sposób było rozróżnić. Po raz pierwszy, odkąd sprowadzili się do domu na skraju plaży, Irinę ogarnął strach. Wbiła wzrok w ciemne drzwi szafy i zauważyła tkwiący w zamku kluczyk. Nie zastanawiając się długo, przyskoczyła i przekręciwszy klucz, zamknęła mebel na cztery spusty. Cofnęła się parę kroków i głęboko odetchnęła. Wówczas znów usłyszała ów dźwięk i zrozumiała, że nie był to jeden szept, ale szmer kilku nakładających się na siebie głosów.

– Irina? – zawołała z dołu matka.

Ciepły głos Andrei Carver wyrwał ją z oszołomienia. Uspokoiła się, znów poczuła się bezpieczna.

– Irina, jesteś tam? Mogłabyś zejść na chwilę? Potrzebuję pomocy.

Nigdy wcześniej Irina nie miała tak wielkiej ochoty, by pomóc matce. Było jej wszystko jedno przy czym. Już miała zbiec schodami, kiedy poczuła, jak lodowaty powiew muska jej twarz i wypełnia sypialnię. Drzwi do pokoju zamknęły się z trzaskiem. Irina rzuciła się do nich i zaczęła szarpać klamkę, która najwyraźniej się zacięła. Kiedy bezskutecznie siłowała się z drzwiami, usłyszała, jak za jej plecami kluczyk w drzwiach szafy zaczyna się powoli przekręcać, a owe głosy, pochodzące jakby z naj-głębszych zakamarków domu, zanoszą się złowrogim śmiechem.

* * *

– Kiedy byłem mały – zaczął Roland – dziadek opo-wiadał mi tę historię tyle razy, że wreszcie w kółko mi się śniła. Wszystko zaczęło się, kiedy dawno temu straciłem rodziców w wypadku samochodowym i zamieszkałem w tym miasteczku.

– Nie wiedziałam, bardzo mi przykro – przerwała Ali-cja. Czuła, iż choć Roland sprawia wrażenie pogodnego chłopaka, który bez problemu może opowiedzieć histo-rię dziadka i statku, wracanie wspomnieniami do tych bolesnych wydarzeń nie przychodzi mu łatwo.

– Byłem bardzo mały. Rodziców właściwie nie pamię-tam – powiedział Roland, unikając spojrzenia Alicji, któ-rej to oczywiste kłamstwo nie mogło zwieść.

– I co się wtedy stało? – dopytywał się Max.

Alicja spiorunowała go wzrokiem.

– Dziadek mnie przygarnął. Zamieszkaliśmy razem w latarni. Dziadek jest inżynierem i od lat opiekuje się tą latarnią morską. W związku z tym, że zbudował ją właści-wie sam, w tysiąc dziewięćset dziewiętnastym roku, wła-dze miejskie przyznały mu to stanowisko dożywotnio. To bardzo ciekawa historia, posłuchajcie.

Dwudziestego trzeciego czerwca tysiąc dziewięćset osiemnastego roku mój dziadek znalazł się na pokładzie „Orfeusza" w porcie Southampton, choć nie zaokrętował się jako pasażer. „Orfeusz" nie był statkiem pasażerskim; był tylko frachtowcem i nie cieszył się dobrą sławą. Dowodził nim holenderski kapitan, przekupny jak mało kto, pijaczyna, który użyczał statku, komu popadnie, pod warunkiem, że ten ktoś płacił z góry. Jego głównymi klientami byli przemytnicy z jednej i z drugiej strony kanału La Manche. „Orfeusz" miał tak złą sławę, że nawet niemieckie okręty wojenne go nie atakowały, chyba z litości. Ale pod koniec wojny interes zaczął kuleć i latający Holender – jak mówił o nim dziadek – zmuszony był rozejrzeć się za innymi, choćby i najmętniejszymi źródłami dochodów, żeby spłacić karciane długi, w których od dawna tonął. Podobno podczas jednej z tych nocy, kiedy szczęście, jak zwykle, mu nie sprzyjało, przerżnął w karty ostatnią koszulę. Grał z nim wtedy niejaki Mister Kain, dyrektor objazdowego cyrku, który w zamian za darowanie długu zażądał przyjęcia na pokład całej trupy cyrkowej i przemycenia jej przez kanał. Ale domniemany cyrk Mister Kaina skrywał coś więcej niż zwykłe wozy. Cała trupa chciała zniknąć jak najszybciej, bez śladu, bez świadków, cichaczem. Holender nie miał właściwie wyjścia, więc się zgodził; w przeciwnym razie straciłby statek.

– Zaraz, zaraz – przerwał Max. – A co z tym wszystkim wspólnego miał twój dziadek?

80

– Do tego właśnie zmierzam – kontynuował Roland. – Jak mówiłem, Mister Kain, choć domyślacie się pewnie, że nie było to jego prawdziwe nazwisko, miał wiele na sumieniu. Dziadek już od dawna śledził jego poczynania. Mieli zaległe porachunki i dziadek sądził, że jeśli Mister Kainowi i jego bandzie uda się przepłynąć przez kanał, szanse ich schwytania będą stracone na zawsze.

– Dlatego dostał się na „Orfeusza"? – zapytał Max. – Jako pasażer na gapę?

Roland przytaknął.

– Ale czegoś nie rozumiem – wtrąciła się Alicja. – Dlaczego twój dziadek nie powiadomił policji? Przecież był inżynierem, a nie żandarmem. Jakie zaległe porachunki mógł mieć z Mister Kainem?

– Mogę dokończyć historię? – zapytał Roland.

Rodzeństwo skinęło zgodnie.

– Dziękuję. Tak więc znalazł się na statku – ciągnął Roland. – „Orfeusz" wypłynął z portu w południe i zamierzał dotrzeć do miejsca przeznaczenia późno w nocy, ale sprawy się pokomplikowały. Po północy zerwał się sztorm, który zepchnął statek ku wybrzeżu. „Orfeusz" rozbił się o skały i w parę minut zatonął. Dziadek się uratował, bo był ukryty w szalupie ratunkowej. Reszta zginęła.

Max przełknął ślinę.

– Chcesz powiedzieć, że ciała są jeszcze tam, we wraku?

– Nie, skądże – odparł Roland. – O świcie gęsta mgła zaległa nad całym wybrzeżem. Miejscowi rybacy znaleźli na plaży mojego dziadka. Leżał nieprzytomny. Kiedy mgła ustąpiła, łodzie rybackie przeczesały całą strefę katastrofy. Nigdy nie odnaleziono żadnego ciała.

– Ale, wobec tego... – przerwał Max cichutko.

Roland ruchem ręki poprosił, żeby pozwolił mu kontynuować.

– Zawieziono dziadka do miejscowego szpitala. Przez wiele dni nie odzyskiwał przytomności. Kiedy wrócił do siebie, postanowił, że w podzięce za wyratowanie i opiekę wybuduje na szczycie klifu latarnię morską, by już nigdy nie doszło do podobnej tragedii. Z czasem został latarnikiem morskim.

Gdy opowieść dobiegła końca, zapadła długa cisza. W końcu Roland wymienił spojrzenie z Alicją, a następnie z Maxem.

– Rolandzie – Max starał się tak dobierać słowa, by przypadkiem nie zranić przyjaciela. – W tej historii coś mi nie pasuje. Nie obraź się, ale wygląda to tak, jakby dziadek nie opowiedział ci wszystkiego do końca.

Roland przez chwilę wstrzymywał się z odpowiedzią. A potem uśmiechnął się blado i spojrzawszy na Alicję i Maxa, powoli pokiwał głową.

– Wiem o tym – wyszeptał. – Wiem.

* * *

Irina poczuła, jak ręce cierpną jej od bezskutecznego szarpania się z klamką. Z trudem łapiąc powietrze, odwróciła się i z całych sił naparła plecami na drzwi. Nie mogła oderwać wzroku od kluczyka przekręcającego się w drzwiach szafy.

Kluczyk nagle przestał się obracać i jak popchnięty niewidzialnymi palcami, wypadł z zamka na podłogę. Drzwi od szafy zaczęły się otwierać, skrzypiąc przejmująco. Irina chciała wrzasnąć na całe gardło, ale poczuła, że brak jej tchu nawet na najcichszy szept.

Z półmroku szafy wyjrzała para błyszczących i znajomych oczu. Irina westchnęła z ulgą. To był jej kot. To był tylko jej kot. Chwilę wcześniej myślała, że ze strachu serce jej wyskoczy z piersi. Uklękła, by podnieść swego milusińskiego, i wtedy odkryła, że oprócz kota w głębi szafy jest jeszcze jakaś istota. Zwierzę rozdziawiło szczęki, wydając z siebie ostry, podobny do syku węża dźwięk, od którego skóra cierpła, po czym cofnęło się z powrotem w ciemności szafy, do swojego pana. Świetlisty uśmiech rozbłysł w półmroku i na Irinie spoczęło spojrzenie pary oczu koloru roztopionego złota, a głosy, teraz unisono, wołały ją po imieniu. Irina krzyknęła na całe gardło i rzuciła się w stronę drzwi, nacierając na nie całym ciężarem ciała. Drzwi ustąpiły, a dziewczynka runęła na podłogę korytarza. Nie tracąc ani chwili, podniosła się i popędziła po schodach, czując jeszcze na karku lodowate tchnienie prześladujących ją głosów.

Andrea Carver z przerażeniem zobaczyła, jak jej młodsza córka, z twarzą wykrzywioną przerażeniem, rzuca się na oślep w dół z samego szczytu schodów. Krzyknęła, by ją powstrzymać, ale było już za późno. Córeczka potoczyła się po stopniach niczym bezwładny worek. Andrea Carver doskoczyła do Iriny i uniosła jej głowę. Łza krwi płynęła po czole dziewczynki. Matka położyła palce na jej szyi i wyczuła słaby puls. Próbując opanować ogarniający ją atak histerii, podniosła córkę z podłogi, gorączkowo zastanawiając się, co ma teraz zrobić.

Czując, że przeżywa najgorsze pięć sekund swego życia, powoli spojrzała ku górze schodów. Z ostatniego stopnia schodów kot Iriny śledził każdy jej ruch. Wytrzymała szydercze i okrutne spojrzenie zwierzęcia, po czym, uświadomiwszy sobie, że trzyma w ramionach nieprzytomną córkę, otrząsnęła się i pobiegła do telefonu.

Rozdział siódmy

Kiedy Max z Alicją i Rolandem wrócili do domu, samochód lekarza stał jeszcze przed gankiem. Roland spojrzał pytająco na Maxa. Alicja zeskoczyła z roweru i pobiegła do wejścia, pewna, że wydarzyło się jakieś nieszczęście. Czekający na nich w drzwiach Maximilian Carver miał łzy w oczach i był blady.

– Co się stało? – zduszonym głosem zapytała Alicja.

Ojciec przygarnął ją do siebie. Alicja, tuląc się do niego ufnie, czuła, że drżą mu dłonie.

– Irina miała wypadek. Jest nieprzytomna. Czekamy na karetkę, by przewieźć ją do szpitala.

– A mama? Co z mamą? – szepnęła Alicja.

– Jest w środku, z lekarzem, przy Irinie. Tu, w domu, nie możemy już nic więcej zrobić – odpowiedział zegarmistrz głuchym, wypalonym głosem.

Roland, stojący u stóp ganku, z przejęcia zagryzł wargi.

– Wyjdzie z tego? – spytał Max i w tej samej chwili pomyślał, że zadał głupie pytanie.

– Nie wiadomo – cichym głosem odparł Maximilian Carver, bez powodzenia usiłując się uśmiechnąć, po czym wszedł z powrotem do domu. – Zobaczę, czy nie jestem mamie potrzebny.

Trójka przyjaciół nie ruszyła się z ganku. Byli tak przygnębieni, że nie mogli wykrztusić z siebie słowa. Po długiej chwili Roland przerwał grobowe milczenie.

– Tak mi przykro...

Alicja westchnęła. Na drodze pojawiła się karetka, która niebawem zaparkowała przed domem. Lekarz wyszedł przed ganek, by wydać polecenia dwóm przybyłym pielęgniarzom. W ciągu kilku minut przetransportowali do karetki dziewczynkę owiniętą w koc. Max, widząc bladą jak ściana twarz siostry, poczuł, że coś ściska go za gardło. Andrea Carver z twarzą zmartwiałą z bólu, z oczyma spuchniętymi i zaczerwienionymi od łez, wsiadła do karetki i obrzuciła zrozpaczonym spojrzeniem Alicję i Maxa. Pielęgniarze biegiem zajęli swoje miejsca. Maximilian Carver podszedł do starszych dzieci.

– Nie chcę zostawiać was samych. W miasteczku jest mały hotelik, może...

– Nie martw się, tato, poradzimy sobie – zapewniła Alicja.

– Zadzwonię ze szpitala i podam wam numer telefonu. Nie wiem, jak długo będziemy musieli tam zostać. Nie wiem, czy...

– Jedź już, tatusiu – przerwała mu Alicja i objęła go. – Wszystko będzie dobrze.

Maximialian Carver uśmiechnął się przez łzy i wsiadł do karetki. Troje przyjaciół w milczeniu patrzyło, jak światła samochodu giną w oddali, podczas gdy na purpurowym niebie lśniły ostatnie promienie słońca.

– Wszystko będzie dobrze – powtórzyła Alicja, jakby sobie samej dodawała otuchy.

* * *

Czekając na pierwsze wiadomości, przebrali się w czyste ubrania. Alicja dała Rolandowi starą koszulę i spodnie ojca. Wieczór dłużył się w nieskończoność. Na zegarku uśmiechniętych księżyców dochodziła jedenasta, kiedy rozległ się dzwonek telefonu. Alicja, która siedziała pomiędzy chłopcami na schodkach ganku, skoczyła na równe nogi i pobiegła do domu. Zanim dzwonek rozległ się po raz drugi, Alicja trzymała już w ręku słuchawkę. Skinąwszy, spojrzała na Maxa i Rolanda.

– Dobrze – powiedziała po kilku sekundach. – Jak się czuje mama?

Max mógł usłyszeć dobiegający ze słuchawki głos ojca.

– Nie przejmuj się – powiedziała Alicja. – Nie. Nie potrzeba. Tak. Na pewno damy sobie radę. Zadzwoń jutro.

Alicja słuchała przez chwilę, po czym kiwnęła głową.

– Tak, oczywiście – zapewniła. – Dobranoc, tatusiu.

Alicja odłożyła słuchawkę i spojrzała na brata.

– Irina jest na obserwacji – wyjaśniła. – Lekarze podejrzewają wstrząśnienie mózgu. Nadal jest nieprzytomna. Ale mówią, że z tego wyjdzie.

– Na pewno tak powiedzieli? – upewnił się Max. – A co z mamą?

– Możesz sobie wyobrazić. Na pewno spędzą tę noc w szpitalu. Mama nie chce iść do hotelu. Zadzwonią jutro o dziesiątej rano.

– Co robimy? – zapytał niepewnie Roland.

Alicja wzruszyła ramionami, usiłując rozpogodzić twarz uśmiechem.

– Ktoś jest głodny? – zapytała.

Max ze zdziwieniem stwierdził, iż faktycznie zaczyna czuć głód. Alicja westchnęła i ponownie uśmiechnęła się z wysiłkiem.

– Wydaje mi się, że kolacja dobrze by nam zrobiła – zawyrokowała. – Czy ktoś jest przeciw?

Chwilę później Max przygotował kanapki, a Alicja wyciskała cytryny do lemoniady.

Siedli na ławce na ganku. Żółtawa lampa, huśtana powiewami nocnej bryzy i pokryta drgającą chmurą ciem, rzucała słabe światło. Wpatrywali się w wiszący nad morzem księżyc w pełni, który przyoblekał w srebrzysty pobłysk podobną do bezkresnego jeziora taflę wody.

Nie odzywali się, zapatrzeni w morze i zasłuchani w łagodny poszum fal. Kiedy skończyły się im kanapki i lemoniada, popatrzyli po sobie z powagą.

– Tej nocy na pewno nie zmrużę oka – odezwała się wreszcie Alicja, wstając i rozglądając się wokół.

– Chyba nikt z nas nie zaśnie – potwierdził Max.

– Mam pomysł – powiedział Roland, uśmiechając się szelmowsko. – Kąpaliście się kiedyś w nocy?

– Kpisz sobie? – wzruszył ramionami Max.

Alicja spojrzała tajemniczym i błyszczącym wzrokiem na chłopców i bez słowa ruszyła w stronę plaży. Max, nie mogąc wyjść ze zdumienia, patrzył, jak siostra idzie po piasku i nie oglądając się, zdejmuje białą, bawełnianą sukienkę.

Dziewczyna stanęła przy brzegu. Jej blada skóra błyszczała w ulotnej, niebieskawej poświacie księżyca. Po krótkiej chwili Alicja zanurzyła się w ogromnym rozlewisku światła.

– Idziesz, Max? – spytał Roland, stąpając po śladach Alicji.

Max pokręcił głową. Patrzył, jak przyjaciel rzuca się do wody. Dobiegł go śmiech siostry zmieszany z szumem morza.

Stał w milczeniu, próbując odpowiedzieć sobie na pytanie, czy ma się przejmować, czy nie owym iskrzeniem między Rolandem a jego siostrą, tym porozumieniem, którego nie potrafił określić, ale z którego czuł się wykluczony. Patrząc, jak beztrosko bawią się w wodzie, Max już wiedział, przypuszczalnie jeszcze zanim oni oboje zaczęli to sobie uświadamiać, że nawiązuje się między nimi więź, która niczym ślepe przeznaczenie złączy ich tego lata.

Kiedy się nad tym zastanawiał, stanęło mu w oczach widmo wojny, toczącej się tak blisko, a zarazem tak daleko od tego miejsca, widmo bez twarzy, które wkrótce miało się upomnieć o jego przyjaciela, a być może także i o niego samego. Myślał również o wszystkim, co się wydarzyło tego tak długiego dnia. O fantasmagorycznym widoku leżącego na dnie „Orfeusza", o opowieści Rolanda w chatce na plaży i o wypadku Iriny. I choć wciąż dochodził go śmiech Rolanda i Alicji, poczuł, coraz bardziej samotny, że do jego serca wkrada się niepokój. Po raz pierwszy w jego życiu czas zaczął biec szybciej, niżby sobie tego życzył, ale tym razem nie mógł uciec w sen minionych lat. Karty zostały rozdane, ale tym razem nie wiedział, w jakiej grze bierze udział.

* * *

Jakiś czas później, w blasku rozpalonego na plaży ogniska Alicja, Roland i Max po raz pierwszy odważyli się powiedzieć głośno o tym, co chodziło im po głowach od kilku godzin. Złotawy poblask płomieni odbijał się w błyszczących, mokrych jeszcze twarzach obojga. Max postanowił wreszcie przerwać milczenie.

– Nie wiem, jak to powiedzieć, ale mam wrażenie, że coś tu się dzieje – zaczął. – Nie wiem co, ale to nie może być przypadek. Te wszystkie posągi, symbole, statek…

Max liczył na to, że tamci zaprzeczą, że użyją zdroworozsądkowych argumentów, których on sam nie mógł znaleźć, wytłumaczą mu, iż u podłoża jego lęków kryje się ciężki i długi dzień, i wiele wydarzeń, które wziął sobie za bardzo do serca. Tak się jednak nie stało. Alicja i Roland kiwali w milczeniu głowami, nie odrywając oczu od ognia.

– Mówiłaś, że śnił ci się ten klown, prawda? – zapytał Max.

Alicja przytaknęła.

– Jest coś, czego wam nie powiedziałem – ciągnął Max. – W nocy, kiedy poszliście spać, ja jeszcze raz obejrzałem film, który Jacob Fleischmann nakręcił w ogrodzie posągów. Byłem w tym ogrodzie dwa dni temu. Posągi stały w innych pozycjach, sam nie wiem... Tak jakby się ruszyły, zmieniły miejsca, w których je ustawiono. Film pokazywał coś zupełnie innego, niż widziałem na własne oczy.

Alicja patrzyła na Rolanda, który wpatrywał się jak urzeczony w taniec płomieni.

– Dziadek nigdy ci o tym wszystkim nie opowiadał?

Chłopak jakby nie usłyszał pytania. Alicja dotknęła jego dłoni. Roland podniósł wzrok.

– Ten klown od dziecka śni mi się każdego lata – powiedział ledwie słyszalnym głosem.

Max dostrzegł malujący się na twarzy Rolanda strach.

– Chyba powinniśmy porozmawiać z twoim dziadkiem – stwierdził.

Ronald nie oponował.

– Jutro – potwierdził niemal szeptem. – Porozmawiamy z nim jutro.

Rozdział ósmy

Tuż przed świtem Roland wsiadł na rower i popedałował z powrotem do domu przy latarni morskiej. Kiedy jechał ścieżką na skraju plaży, delikatny bursztynowy blask przebijał się przez niskie sklepienie chmur. Głowę rozsadzał mu gorączkowy niepokój. Nacisnął mocniej na pedały, zaczął gnać ile sił w nogach, łudząc się, iż wysiłek fizyczny zagłuszy wszystkie nasuwające się pytania i dręczące go lęki.

Minąwszy port, jadąc ku drodze prowadzącej stromo do latarni morskiej, Roland zahamował ostro i zsiadł z roweru, by złapać oddech. Migające na szczycie urwistych skał światło latarni niby ognisty nóż przecinało ostatnie cienie nocy. Dobrze wiedział, że dziadek wciąż jest w latarni, uważny i skupiony, i że nie opuści stanowiska, dopóki ciemność nie ustąpi przed jasnością dnia. Przez lata Roland zdążył przywyknąć do tego uporczywego trwania dziadka na posterunku, nie zastanawiając się nigdy nad przyczynami i logiką takiego zachowania.

Uznał, że to zupełnie normalne zachowanie, nad którym należy przejść do porządku dziennego.

Z upływem czasu zaczął jednak nabierać pewności, że w historii dziadka istnieją luki. Ale dopiero dziś zobaczył z całą ostrością, że dziadek go okłamywał, a w każdym razie nie mówił mu całej prawdy. Ani przez chwilę nie wątpił w szlachetność starego latarnika, z latami odkrywającego przed nim, kawałek po kawałku, fragmenty tej dziwnej łamigłówki, której główna część wydawała się teraz oczywista. Ogród posągów. A odkrywał na przykład, wykrzykując przez sen jakieś słowa lub – jak było najczęściej – zdawkowo odpowiadając na dociekliwe pytania wnuka. Intuicja podpowiadała Rolandowi, że dziadek nie chciał dopuścić go do swej tajemnicy tylko dla jego dobra. Ale czas błogiej nieświadomości wydawał się dobiegać końca. Nieuchronnie zbliżała się godzina, w której miał wreszcie stawić czoło prawdzie.

Chcąc odsunąć na jakiś czas kłębiące się w głowie myśli, wsiadł na rower. Miał za sobą nieprzespaną noc i zaczynał czuć zmęczenie w całym ciele. Kiedy dotarł wreszcie do domu latarnika, oparł rower o płot i wszedł do środka, nie zapalając światła. Kiedy znalazł się na górze w swoim pokoju, wyczerpany rzucił się na łóżko.

Z okna mógł dostrzec latarnię, jakieś trzydzieści metrów od domu, i nieruchomą sylwetkę dziadka odcinającą się w oknie strażnicy. Zamknął oczy i spróbował zasnąć.

Zdarzenia minionego dnia przewijały mu się przed oczyma niczym film. Przypomniał sobie nurkowanie do wraku „Orfeusza" i wypadek małej Iriny. Pomyślał, że chociaż spędził z nowymi przyjaciółmi tylko kilka godzin, czuł się z nimi niezwykle mocno związany. Wydawało mu się to dziwne, ale jednocześnie w jakiś nieokreślony sposób dodawało otuchy. Leżąc teraz w swoim łóżku i rozmyślając w samotności o Alicji i Maksie, czuł, że niepostrzeżenie stali się jego najbliższymi przyjaciółmi, towarzyszami na dobre i na złe, z którymi dzielić mógł najbardziej osobiste sekrety i najskrytsze niepokoje.

Stwierdził, że na myśl o nich czuje się bezpiecznie. Już nie był sam. Przepełniała go wdzięczność za ów niewidzialny pakt, który związał ich podczas spędzonej na plaży nocy.

Kiedy w końcu zmęczenie wzięło górę nad kumulującymi się w nim przez cały dzień emocjami i Roland zaczął zanurzać się w głębokim i krzepiącym śnie, jego ostatnie myśli wcale nie krążyły wokół tajemniczej niepewności, jaka nad nimi zawisła, ani też wokół czekającej go od jesieni służby wojskowej. Owej nocy Roland zasnął, kołysany przez czułą wizję, która miała mu towarzyszyć przez resztę życia: białe ciało Alicji, lekko spowite jasnością księżyca, zanurzające się w morzu srebrnego światła.

* * *

Poranek wstał przykryty płaszczem ciemnych, wiszących tuż nad ziemią i rozciągających aż za widnokrąg chmur, które przepuszczały bladawe i mgliste światło, przywodząc na myśl zimowe chłody. Víctor Kray, opierając się o metalową poręcz latarni morskiej, spoglądał na leżącą u swoich stóp zatokę i myślał, że lata spędzone w latarni nauczyły go dostrzegać przedziwną i skrytą urodę tych szaroburych i niosących zawsze burze dni, przepowiadających na wybrzeżu koniec lata.

Z wieży latarni morskiej miasteczko nabierało wyglądu makiety pieczołowicie poskładanej przez modelarza kolekcjonera. Dalej ku północy niekończącą się białą linią ciągnęła się plaża. W dniach intensywnej operacji słonecznej, z miejsca, w którym stał teraz Víctor Kray, można było wyraźnie zobaczyć kadłub „Orfeusza", spoczywający pod wodą niby osiadła na piasku ogromna mechaniczna skamielina.

Tego dnia rano ocean falował jednak niczym ciemne i bezdenne jezioro. Uważnie lustrując jego nieprzejrzystą powierzchnię, Víctor Kray myślał o ostatnim ćwierćwieczu, spędzonym w tej własnoręcznie wybudowanej latarni. Cofając się pamięcią do tych lat, odczuwał niemal fizycznie ciężar każdego roku.

Pod wpływem tajemnej udręki oczekiwania z czasem nabrał podejrzeń, iż być może wszystko było ułudą, a jakaś uporczywa obsesja przemieniła go w strażnika zagrożenia, które istniało jedynie w jego wyobraźni. Jednak po raz kolejny sny powróciły. Widma przeszłości przebudziły się z wieloletniego letargu, by przenikać we wszystkie zakamarki jego myśli. A wraz z nimi powrócił lęk, że jest zbyt stary i słaby, by stawić czoło odwiecznemu wrogowi.

Od lat już sypiał zaledwie po dwie, trzy godziny; resztę czasu praktycznie spędzał sam w latarni. Jego wnuk Roland zazwyczaj spał w swojej chatce na plaży, nic więc dziwnego, iż całymi dniami się w ogóle nie widywali, może raptem przez parę minut w ciągu dnia. Oddalenie od wnuka, na jakie Víctor Kray dobrowolnie się skazał, zapewniało mu pewien spokój ducha. Tak przynajmniej sądził, żywił bowiem przekonanie, że ból na myśl o tym, iż nie towarzyszy dorastaniu chłopca, jest ceną, którą musiał zapłacić za bezpieczeństwo i przyszłe szczęście Rolanda.

Mimo wszystko ilekroć z wysokości latarni widział, jak chłopak skacze w wody zatoki, w miejscu, gdzie spoczywa kadłub „Orfeusza", czuł, jak krew lodowacieje mu w żyłach. Nigdy nie chciał, by Roland poznał prawdę, więc odpowiadając mu od dziecka na pytania o statek i przeszłość, starał się nie kłamać, choć unikał zarazem ukazywania prawdziwej natury zaszłych wydarzeń. Poprzedniego dnia, patrząc na Rolanda i jego dwoje nowych przyjaciół towarzyszących mu na plaży, zastanowił się, czy przypadkiem nie był to poważny błąd.

Nagle zorientował się, że tak rozmyślając, zasiedział się w latarni jak nigdy przedtem rano. Zazwyczaj wracał do domu przed ósmą. Spojrzał na zegarek. Dochodziło wpół do jedenastej. Zszedł metalową spiralą schodków i skierował się do domu, by spróbować jednak, o ile ciało mu na to pozwoli, przespać się przynajmniej kilka godzin. Ujrzawszy rower Rolanda, pomyślał, że chłopak pewnie śpi w domu.

Wszedł do domu najciszej, jak potrafił, żeby nie zbudzić wnuka, ale ku swemu zdziwieniu zastał Rolanda czekającego nań w jednym ze starych foteli w jadalni.

– Nie mogę spać, dziadku – powiedział Roland, witając się z latarnikiem. – Parę godzin spałem jak kamień, ale nagle się obudziłem i już nie mogłem zasnąć.

– Wiem, co ci dolega – odparł Víctor Kray – ale mam na to niezawodny środek.

– Jaki znów środek? – zdziwił się Roland.

Na ustach latarnika pojawił się figlarny uśmiech, który miał niebywałą moc odmładzania.

– Zabrać się do przygotowywania śniadania. Nie jesteś głodny?

Roland zastanowił się przez chwilę. Na myśl o smażonych jajkach, tostach posmarowanych masłem i marmoladą poczuł jednak miłe ssanie w żołądku. Niewiele myśląc, przytaknął.

– Świetnie – powiedział Víctor Kray. – Będziesz kuchcikiem. Idziemy.

Roland ruszył za dziadkiem do kuchni, czekając na instrukcje.

– Jestem inżynierem – oświadczył Víctor Kray – wobec tego usmażę jajka. A ty przygotuj tosty.

W kilka zaledwie minut dziadek z wnukiem zdołali napełnić kuchnię dymem, a dom nasycić owym narkotycznym zapachem świeżo przygotowanego śniadania. Następnie obaj usiedli naprzeciw siebie przy kuchennym stole i stuknęli się szklankami napełnionymi świeżym mlekiem.

– Oto śniadanie dla tych, co jeszcze rosną – zażartował Víctor Kray, atakując z udawanym apetytem pierwszy tost.

– Wczoraj byłem we wraku – odezwał się Roland niemal szeptem, spuszczając głowę.

– Wiem – odparł dziadek, przegryzając tostem. – Znalazłeś coś nowego?

Roland chwilę milczał. Odstawił szklankę i spojrzał na starego latarnika, który usiłował zachować beztroski i pogodny wyraz twarzy.

– Wydaje mi się, że dzieje się coś dziwnego, dziadku – odezwał się w końcu. – Coś, co ma związek z jakimiś posągami.

Víctor Kray poczuł, jakby w żołądku zastygła mu kula z ołowiu. Przestał jeść i odłożył nadgryziony tost.

– Mój kolega, Max, widział te posągi – ciągnął Roland.

– A gdzie mieszka ten twój kolega? – spytał latarnik spokojnym głosem.

– W starym domu Fleischmannów, przy plaży.

Víctor Kray wolno pokiwał głową.

– Opowiedz mi, proszę, o wszystkim, co widzieliście, ty i twoi przyjaciele.

Roland obojętnie wzruszył ramionami i zaczął relacjonować to, co się wydarzyło przez dwa dni – od poznania Maxa po ostatnią noc.

Kiedy skończył, spojrzał dziadkowi w oczy, usiłując odgadnąć jego myśli. Latarnik, nie dając niczego po sobie poznać, uśmiechnął się uspokajająco.

– Skończ śniadanie, Rolandzie – poprosił.

– Ale... – zaoponował chłopak.

– A jak skończysz, pójdź po swoich przyjaciół i przyprowadź ich tutaj. Mamy sporo do obgadania.

* * *

O jedenastej trzydzieści cztery zadzwonił ze szpitala Maximilian Carver, by przekazać dzieciom najnowsze wieści. Stan zdrowia małej Iriny powoli się poprawiał, choć lekarze jeszcze nie mogli zapewnić, że niebezpieczeństwo całkiem minęło. Alicja, uznawszy, że głos ojca brzmi całkiem spokojnie, doszła do wniosku, że najgorsze za nimi.

Pięć minut później znów rozległ się dzwonek telefonu. Tym razem był to Roland, który dzwonił z miasteczka. Umówili się w latarni o dwunastej. Kiedy odkładała słuchawkę, stanęło jej w pamięci zauroczenie Rolanda zeszłej nocy na plaży. Uśmiechnęła się do siebie i wyszła na ganek, by przekazać Maxowi nowiny. Zobaczyła brata siedzącego na piasku i zapatrzonego w morze. Na widnokręgu błysk nadchodzącej burzy roziskrzył niebo pierwszym fajerwerkiem. Alicja podeszła do brata i usiadła przy nim. Pożałowała, że nie wzięła grubego swetra, bo czuła, jak chłodny poranny wiatr szczypie ją w ramiona.

– Dzwonił Roland – powiedziała. – Jego dziadek chce się z nami spotkać.

Max, nie odrywając wzroku od morza, bez słowa kiwnął głową. Błyskawica, rozcinając niebo, ugodziła w ocean.

– Podoba ci się Roland, prawda? – spytał Max, przesypując piasek pomiędzy palcami.

Alicja przez chwilę zastanawiała się nad odpowiedzią.

– Podoba mi się – odparła. – I chyba ja jemu też się podobam. Dlaczego pytasz?

Max wzruszył ramionami i rzucił garść piasku w wodę.

– Sam nie wiem – powiedział Max. – Myślałem o tym, co Roland mówił o wojnie. O tym, że pewnie na jesieni dostanie wezwanie do wojska... A zresztą. Nie moja sprawa.

Alicja odwróciła się w stronę młodszego brata, próbując spojrzeć mu w oczy. Max marszczył brwi w identyczny sposób jak Maximilian Carver, a w szarych oczach jak zwykle kryło się napięcie.

Objęła Maxa ramieniem, przygarnęła do siebie i pocałowała w policzek.

– Chodźmy do środka – powiedziała, otrzepując spódnicę z piasku. – Zimno się zrobiło.

Rozdział dziewiąty

Kiedy dotarli do drogi pnącej się stromo ku latarni morskiej, Max miał wrażenie, że zamiast mięśni nóg ma trzęsącą się galaretę. Przed wyjazdem Alicja zasugerowała, że pojedzie na drugim rowerze, który drzemał jeszcze w cieniu garażu, ale Max z pogardą odrzucił jej propozycję, zapewniając, że zawiezie ją tak jak Roland wczoraj. Już po pierwszym kilometrze pożałował swojej brawury.

Roland czekał na nich u wylotu drogi, jakby intuicja podpowiedziała mu, że przyjaciel zmęczy się długą drogą. Na jego widok Max zatrzymał się, żeby siostra mogła zejść z roweru. Usiłował wyrównać oddech, rozmasowując jednocześnie zdrętwiałe mięśnie.

– Wyglądasz, jakbyś się skurczył o jakieś pięć centymetrów – powiedział Roland.

Max uznał, że szkoda mu sił na odpowiadanie na zaczepki. Alicja tymczasem bez słowa wsiadła na rower Rolanda. Chłopak, nie ociągając się, ruszył przed siebie. Max odczekał chwilę, po czym nacisnął na pedały i pojechał pod górę za przyjacielem. Wiedział już, na co przeznaczy swoją pierwszą pensję – kupi sobie motocykl.

* * *

Niewielka jadalnia domku latarnika, ze ścianami i podłogą z ciemnego drewna, pachniała świeżo parzoną kawą i fajkowym tytoniem. Właściwie pozbawiona była ozdób – poza nielicznymi żeglarskimi przyrządami, których Max nie zdołał zidentyfikować. Znajdowały się tam potężna biblioteka, piecyk, w którym paliło się drewnem, i stół przykryty ciemnym aksamitem. Jedynym luksusem, na jaki pozwolił sobie Víctor Kray, były stare skórzane fotele.

Roland wskazał przyjaciołom fotele, sam zaś usiadł między nimi na drewnianym krześle. Czekali tak może pięć minut, prawie nie rozmawiając. Z piętra dochodziły ich kroki dziadka Rolanda.

W końcu leciwy latarnik ukazał się w drzwiach. Max wyobrażał go sobie zupełnie inaczej. Víctor Kray był mężczyzną średniego wzrostu, o jasnej cerze i gęstej srebrnej czuprynie; jego twarz nie zdradzała prawdziwego wieku.

Jego zielone przenikliwe oczy zlustrowały niespiesznie dwoje nowych przyjaciół wnuka, jakby tropiły ich myśli. Max, nie mogąc znieść tego drążącego spojrzenia, uśmiechnął się nerwowo. Víctor Kray odwzajemnił uśmiech.

– Jesteście pierwszymi gośćmi, których przyjmuję od wielu lat – odezwał się latarnik, zasiadłszy w jednym z foteli. – Musicie mi wybaczyć brak towarzyskiego obycia. Zresztą, kiedy ja byłem mały, uważałem, że cała ta etykieta i kurtuazja to zawracanie głowy. I myślę tak nadal.

– Nie jesteśmy już mali, dziadku – zaprotestował Roland.

– Dla mnie mali są wszyscy młodsi ode mnie – odparł Víctor Kray. – Więc ty jesteś Alicja. A ty Max. Nie trzeba być geniuszem, żeby się tego domyślić, co?

Alicja uśmiechnęła się ciepło. Poznała go dopiero przed chwilą, ale jego ironiczny ton już zdążył przypaść jej do gustu. Max tymczasem przyglądał się uważnie twarzy leciwego latarnika, starając wyobrazić go sobie zamkniętego przez lata w tej latarni – jedynego strażnika sekretu „Orfeusza".

– Wyobrażam sobie, co może teraz kłębić się w waszych głowach – powiedział Víctor Kray. – Zastanawiacie się pewnie, czy to, co widzieliście, a może zdawało się wam, że widzieliście, w ciągu ostatnich dni, naprawdę się zdarzyło. W gruncie rzeczy miałem nadzieję, że nie będę musiał rozmawiać na ten temat z nikim, nawet z Rolandem. Ale w życiu nie zawsze dzieje się tak, jak chcemy.

Nikt się nie odezwał.

– No dobrze. Do rzeczy. Najpierw musicie powiedzieć mi wszystko, co wiecie. I jeśli mówię wszystko, to wszystko. Z najdrobniejszymi szczegółami, choćby wydawały się wam nie wiem jak błahe. Zrozumiano?

Max popatrzył na siostrę i przyjaciela.

– To może ja zacznę?

Alicja i Roland przytaknęli. Víctor Kray dał mu znak, by rozpoczął swoją opowieść.

* * *

Przez następne pół godziny Max opowiadał ostatnie wydarzenia ze wszystkimi szczegółami, jakie zdołał sobie przypomnieć. Stary latarnik słuchał go w skupieniu i wbrew oczekiwaniom Maxa wydawał się wierzyć każdemu jego słowu. Nie wyglądał też wcale na zdziwionego.

Kiedy Max skończył, Víctor Kray sięgnął po fajkę i zaczął nabijać ją z całym ceremoniałem.

– Nieźle – mruknął pod nosem. – Całkiem nieźle.

Wreszcie zapalił fajkę i chmura pachnącego słodko dymu zasnuła jadalnię. Víctor Kray, rozkoszując się pierwszym szczypiącym haustem, rozsiadł się w fotelu. Później, patrząc po kolei w oczy każdemu z trojga przyjaciół, zaczął mówić...

* * *

– Jesienią skończę siedemdziesiąt dwa lata i chociaż mogę się pocieszać, że nie wyglądam na swój wiek, każdy rok ciąży mi na ramionach jak głaz. Dopiero z upływem lat zaczyna się dostrzegać pewne rzeczy. Teraz wiem na przykład, że życie dzieli się zasadniczo na trzy etapy. Najpierw człowiek nawet nie myśli o tym, że się zestarzeje, że czas płynie i że od pierwszej chwili, od samych narodzin, zmierzamy do wiadomego końca. Kiedy mija pierwsza młodość, wkraczamy w drugi okres i uświadamiamy sobie, jak kruche jest nasze życie. To, co z początku jest tylko bliżej nieokreślonym niepokojem, przybiera na sile, stając się wreszcie morzem wątpliwości i pytań, które towarzyszą nam przez resztę dni. I w końcu u kresu życia rozpoczyna się trzeci etap, okres pogodzenia się z rzeczywistością. Wówczas nie pozostaje nam nic innego, jak tylko zaakceptować naszą kondycję i czekać. Poznałem wiele osób, które ugrzęzły w którymś z tych stadiów i nigdy nie zdołały przejść do następnego. To tragiczne, możecie mi wierzyć.

Víctor Kray przerwał, sprawdzając, czy słuchają go z należytą uwagą. Chociaż tak było, z ich wzroku wyczytał, że nie do końca wiedzą, o czym właściwie mówi. Zamilkł na chwilę, zaciągnął się fajką i uśmiechnął do swojej kameralnej publiczności.

– Każdy z nas musi się nauczyć podążać samotnie tą drogą do końca, prosząc Boga, by nie pozwolił mu z niej zboczyć. Gdybyśmy byli zdolni zrozumieć tę prostą prawdę już na początku życia, nie musielibyśmy przeżywać wielu niedoli i nieszczęść tego świata. Ale, i jest to jeden z największych paradoksów, dostępujemy tej łaski dopiero wtedy, gdy jest już za późno. Koniec wykładu.

Zastanawiacie się pewnie, dlaczego wam to wszystko mówię. Otóż dlatego, że czasem, niezwykle rzadko, może raz na milion, trafia się ktoś bardzo młody, kto pojmuje, że życie jest drogą, z której nie ma powrotu, i uznaje, że to gra nie dla niego. To tak, jak oszukiwać w grze, która się nie podoba. W większości przypadków szybko zostaje się zdemaskowanym i zabawa skończona. Ale od czasu do czasu kanciarzowi się udaje. A jeśli w grze chodzi nie o kości ani karty, lecz o życie i śmierć, nasz oszust może być naprawdę bardzo niebezpieczny.

Wiele lat temu, kiedy byłem w waszym wieku, los postawił na mej drodze jednego z największych oszustów, jakich nosiła ziemia. Nigdy nie dowiedziałem się, jak się naprawdę nazywał. W ubogiej dzielnicy, w której mieszkałem, wszyscy mówili o nim Kain. Nazywano go Księciem Mgły, gdyż, jak niosła wieść, zawsze wynurzał się spośród gęstej mgły spowijającej nocą ciemne zaułki, by przed nastaniem świtu ponownie rozpłynąć się w mroku.

Kain był przystojnym młodzieńcem; jego pochodzenie pozostawało dla wszystkich tajemnicą. Noc w noc Kain zbierał chłopców z naszej dzielnicy, ubranych w łachmany, umorusanych, czarnych od fabrycznej sadzy, by zaproponować im pewien pakt. Każdy z nich mógł sformułować życzenie, które on miał spełnić. W zamian Kain żądał tylko jednego: całkowitego posłuszeństwa. Pewnej nocy mój najlepszy przyjaciel, Angus, zabrał mnie na takie spotkanie. Kain wyglądał jak dżentelmen wybierający się na przedstawienie operowe, a uśmiech nie schodził mu z ust. Jego oczy w półmroku zdawały się zmieniać kolor, głos miał niski, monotonny. Chłopcy sądzili, że Kain jest magiem. Ja, który nie wierzyłem ani jednemu słowu z krążących o nim w całej dzielnicy legend, tamtego wieczoru zamierzałem uśmiać się serdecznie z rzeczonego czarnoksiężnika. Okazało się jednak – pamiętam to jak dziś – że w jego obecności gasła wszelka chęć drwiny. Kiedy go ujrzałem, ogarnął mnie paniczny strach i, jak się możecie domyślić, nie odezwałem się ani słowem. Tej nocy wielu chłopców z dzielnicy wyjawiło Kainowi swoje życzenia. Kiedy skończyli, Kain skierował lodowate spojrzenie w to miejsce, gdzie siedzieliśmy z przyjacielem. Zapytał, czy nie chcemy o nic poprosić. Ja milczałem jak zaklęty, Angus jednak, ku mojemu wielkiemu zdumieniu, przemówił. Tego dnia jego ojciec stracił pracę. Huta, w której zatrudniona była większość mężczyzn z naszej dzielnicy, zwalniała pracowników, zastępując ich maszynami, które pracowały szybciej i wydajniej, a w dodatku nie mogło być mowy o protestach. Pierwsi znaleźli się na ulicy przywódcy związkowi, podburzający innych robotników. Ojciec Angusa nie miał szans.

Tego samego popołudnia zrozumiał, że nie będzie mógł utrzymać swojej licznej rodziny – Angus miał pięcioro rodzeństwa – gnieżdżącej się w mizernym mieszkanku, przesiąkniętym zapachem wilgoci i zgnilizny. Angus łamiącym się głosem wyraził swoje życzenie: pragnął, by jego ojciec wrócił do pracy w hucie. Kain pokiwał głową, po czym, tak jak mnie uprzedzano, oddalił się bez słowa, by w końcu zniknąć we mgle. Następnego dnia ojciec Angusa w niewytłumaczalny sposób został przywrócony do pracy. Kain dotrzymał słowa.

Dwa tygodnie później wracaliśmy z Angusem z wędrownego jarmarku za miastem. Zrobiło się ciemno, a my, żeby nie przychodzić do domu za późno, postanowiliśmy pójść na skróty, ścieżką biegnącą wzdłuż nieużywanej linii kolejowej. W bladym świetle księżyca krajobraz sprawiał upiorne wrażenie. Nagle spostrzegliśmy, jak z gęstej mgły wyłania się postać owinięta w pelerynę z wyszytą złotymi nićmi gwiazdą sześciopromienną wpisaną w okrąg. Postać szła ku nam środkiem torów. Był to Książę Mgły. Zamarliśmy ze strachu. Kain zbliżył się i, ze swym nieodłącznym uśmiechem na ustach, zwrócił się do Angusa. Powiedział, że nadszedł czas, by odwdzięczył się za przysługę. Angus przytaknął, oniemiały z przerażenia. Kain oświadczył, że ma dla niego bardzo łatwe zadanie: chodziło o zwykłe wyrównanie rachunków. Najzamożniejszym wówczas mieszkańcem dzielnicy, w rzeczywistości jedynym rzeczywiście bogatym, był niejaki Skolimowski, polski kupiec, w którego wielobranżowym sklepie z żywnością i odzieżą wszyscy się zaopatrywaliśmy. Angus miał podłożyć ogień pod ów magazyn, i to już następnej nocy. Mój przyjaciel chciał zaprotestować, ale słowa uwięzły mu w gardle. We wzroku Kaina było coś, co było rozkazem bezwzględnego posłuszeństwa. Magik tymczasem zniknął równie błyskawicznie, jak się pojawił.

Co sił w nogach pognaliśmy z powrotem do domu. Kiedy żegnałem się z przyjacielem pod drzwiami jego mieszkania, czający się w jego oczach strach sprawił, że ścisnęło mi się serce. Następnego dnia szukałem Angusa wszędzie, ale on jakby zapadł się pod ziemię. Zacząłem się już nawet obawiać, że postanowił wypełnić zbrodniczą misję powierzoną mu przez Kaina i z zapadnięciem zmierzchu postanowiłem stanąć na czatach przed magazynem Skolimowskiego. Angus się jednak nie pojawił i magazyn Polaka nie stanął w płomieniach. Ogarnęły mnie wyrzuty sumienia, że zwątpiłem w przyjaciela. Pomyślałem, że muszę spróbować go pocieszyć. Przypuszczałem, że najpewniej zaszył się w domu i trzęsie się ze strachu w obawie przed szykanami złowrogiego czarnoksiężnika. Kiedy przyszedłem do mieszkania przyjaciela, świtało. Angusa nie było. Drzwi otworzyła mi jego matka i ze łzami w oczach oznajmiła, że nie wrócił na noc. Błagała mnie, bym go odnalazł i przyprowadził do domu.

Ze ściśniętym sercem przebiegłem całą dzielnicę wzdłuż i wszerz, nie omijając nawet najbardziej cuchnącego zaułka. Nikt nie widział mojego przyjaciela. Zapadał już wieczór, czułem się wyczerpany i zupełnie już nie wiedziałem, gdzie szukać, kiedy nagle mroczne przeczucie kazało mi wrócić na ową drogę biegnącą wzdłuż nieużywanych torów kolejowych. Nie musiałem iść długo obok połyskujących w ciemnościach szyn. Ujrzałem mojego przyjaciela leżącego na torach dokładnie w tym samym miejscu, gdzie poprzedniej nocy Kain wyłonił się z mgły. Chwyciłem dłoń Angusa, szukając pulsu. Z przerażeniem zdałem sobie sprawę, że nie dotykam ciała, lecz lodu. Mój przyjaciel zmienił się w żałosny posąg błękitnego lodu, który parował, roztapiając się powoli na opuszczonym torowisku. Na szyi zawieszony miał medalion z wygrawerowanym symbolem – tym samym, który widziałem poprzedniego dnia na płaszczu Kaina – sześciopromiennej gwiazdy wpisanej w okrąg. Siedziałem przy nim, patrząc, jak rysy jego twarzy powoli rozpływają się w kałuży lodowatych łez.

Tej samej nocy, kiedy ja z przerażeniem odkryłem, jaki los spotkał mojego przyjaciela, magazyn Skolimowskiego spłonął doszczętnie, strawiony przez okrutny ogień. Nigdy nikomu nie opowiedziałem o tym, czego świadkiem byłem wtedy, na torach.

Dwa miesiące później moja rodzina przeprowadziła się na południe. Mieszkając daleko, szybko uległem złudzeniu, że Książę Mgły jest tylko jeszcze jednym gorzkim wspomnieniem mrocznych lat przeżytych w nędznym, brudnym i pełnym przemocy mieście mojego dzieciństwa... I wtedy nasze drogi znów się spotkały i zrozumiałem, że to, co najważniejsze, ma się dopiero rozegrać.

Rozdział dziesiąty

Moje następne spotkanie z Księciem Mgły nastąpiło pewnego wieczoru, kiedy ojciec, po otrzymaniu awansu na szefa technicznego fabryki włókienniczej, wziął nas wszystkich do wesołego miasteczka wybudowanego na drewnianym molo, wchodzącym w głąb morza jak zawieszony pod niebem szklany pałac. O zmierzchu wszystkie instalacje rozbłyskiwały wielobarwnymi światełkami. Widok zapierał dech w piersiach; nigdy czegoś tak wspaniałego nie widziałem. Ojciec był w euforii: uniknął grożącej rodzinie na północy kraju niechybnej nędzy. Teraz miał odpowiednią pozycję, był człowiekiem szanowanym i posiadał środki, które pozwalały jego dzieciom korzystać z tych samych rozrywek co jakiemukolwiek chłopakowi ze stolicy. Wcześnie zjedliśmy kolację, a później ojciec dał nam po parę groszy, byśmy mogli je wydać, na co nam tylko przyjdzie ochota, podczas gdy on z matką przechadzali się pod rękę wśród wysztafirowanych tubylców i eleganckich turystów.

Fascynowało mnie ogromne, obracające się bezustannie na końcu mola diabelskie koło, którego światła widoczne były na całym wybrzeżu. Pobiegłem, by zająć miejsce w kolejce, a czekając, zacząłem się rozglądać. Moją uwagę zwrócił rozstawiony nieopodal namiot. Pomiędzy stoiskami z loteriami fantowymi i strzelnicami mocne purpurowe światło oświetlało tajemniczy namiot niejakiego doktora Kaina, wróżbity, jasnowidza i magika – jak głosił plakat – na którym jakiś pacykarz wymalował twarz Kaina spoglądającego groźnie na ciekawych nowej meliny Księcia Mgły. Plakat i purpurowe cienie rzucane przez latarnię przydawały namiotowi ponurego, a nawet makabrycznego wyglądu. Wstępu broniła zasłona z wyhaftowaną na czarno sześciopromienną gwiazdą.

Urzeczony tym widokiem, opuściłem kolejkę i podszedłem do namiotu. Usiłowałem zajrzeć do środka, kiedy nagle zasłona rozsunęła się gwałtownie i wyłoniła się zza niej ubrana na czarno kobieta o mlecznobiałej karnacji i ciemnych, przenikliwych oczach. Ruchem ręki zaprosiła mnie do środka. Tam, w nikłym świetle lampy naftowej, dostrzegłem siedzącego za biurkiem mężczyznę, którego poznałem w zupełnie innym mieście jako Kaina. Czarny kot o bursztynowych oczach mył się u jego stóp.

Nie zastanawiając się długo, wszedłem i zbliżyłem się do stołu, za którym czekał na mnie uśmiechnięty Książę Mgły. Do dziś dźwięczy mi w uszach jego niski i monotonny głos wymawiający moje imię, a w tle hipnotyzująca melodia z karuzeli, która zdawała się kręcić gdzieś daleko, bardzo daleko.

* * *

– Mój drogi przyjaciel, Víctor – wyszeptał Kain. – Gdybym nie był jasnowidzem, rzekłbym, że oto przeznaczenie postanowiło skrzyżować ponownie nasze ścieżki.

– Kim pan jest? – zdołał wykrztusić z siebie młody Víctor, kątem oka spoglądając na podobną do zjawy kobietę, która wycofała się w cień pomieszczenia.

– Nazywam się doktor Kain. Nie widziałeś plakatu? – odparł Kain. – Dobrze się tu bawisz z rodziną?

Víctor przełknął ślinę i przytaknął.

– Znakomicie – ciągnął magik. – Rozrywka jest jak laudanum; pozwala nam się oderwać od nędzy i bólu. Sęk w tym, że tylko przelotnie.

– Nie wiem, co to jest laudanum – przyznał Víctor.

– Narkotyk – odparł Kain znużonym głosem, odwracając wzrok w kierunku zegara na półce po prawej stronie.

Víctor mógłby przysiąc, że wskazówki zegara biegną wspak.

– Czas nie istnieje, dlatego nie należy go tracić. Zastanowiłeś się już, jakie jest twoje życzenie?

– Nie mam żadnych życzeń – odpowiedział Víctor.

Kain zaśmiał się głośno.

– Dajże spokój. Każdy z nas ma jakieś życzenie, i to nie jedno, a tysiące. A życie nader rzadko daje nam sposobność ich urzeczywistnienia. – Kain spojrzał na tajemniczą kobietę, a w jego spojrzeniu malowało się coś na kształt współczucia. – Czyż nie mówię prawdy, moja droga?

Kobieta, jakby była jedynie kawałkiem nieożywionej materii, nie zareagowała w żaden sposób.

– Ale niektórym z nas, Victorze, szczęście sprzyja – rzekł Kain, pochylając się nad stołem. – Tobie na przykład. Bo ty możesz urzeczywistnić swoje marzenia. I bardzo dobrze wiesz, jak to zrobić.

– Tak jak to zrobił Angus? – wypalił bez namysłu Víctor. W tej samej chwili zauważył coś dziwnego, od czego nie mógł oderwać wzroku: Kain nie mrugał powiekami.

– Wypadek, mój drogi przyjacielu. Nieszczęśliwy wypadek – powiedział Kain tonem współczucia i skrępowania. – Ale błędem, poważnym błędem jest wiara w to, że można ziścić swoje marzenia, nie dając nic w zamian. Nie wydaje ci się? Powiedzmy, że nie byłoby to sprawiedliwe. Angus chciał zapomnieć o pewnych zobowiązaniach, a tego nie można tolerować. Ale to już przeszłość. Pomówmy lepiej o przyszłości, o twojej przyszłości.

– I pan tego właśnie dokonał? – zapytał Víctor. – Ziścił pan marzenie? Stał się tym, kim pan teraz jest? A co musiał dać pan w zamian?

Kainowi zgasł nagle na ustach gadzi uśmiech. Wbił oczy w Victora Kraya. Chłopca przez moment ogarnęła obawa, że mężczyzna rzuci się na niego i go rozszarpie. W końcu jednak Kain znów się uśmiechnął i westchnął.

– Inteligentny z ciebie młodzieniec. To lubię, Victorze. Ale mimo wszystko wiele musisz się jeszcze nauczyć. A kiedy będziesz gotów, wróć tu. Już wiesz, jak mnie znaleźć. Mam nadzieję prędko cię ujrzeć.

– Wątpię, czy tak będzie – odparł Víctor, wstając i kierując się ku wyjściu.

Kobieta niczym zepsuta marionetka, którą nagle pociągnięto za sznurek, poruszyła się, żeby odprowadzić chłopca. Wychodził już, kiedy za plecami znowu usłyszał głos Kaina.

– I jeszcze coś, Victorze. À propos marzeń. Oferta jest wciąż aktualna. Ciebie może nie interesuje, ale przecież może się zdarzyć, że wzbudzi zainteresowanie kogoś z twojej znamienitej i szczęśliwej rodziny, kto żywi jakieś niewypowiedziane i najskrytsze pragnienie. Właśnie one są moją specjalnością...

Víctor nie miał nawet zamiaru odpowiadać. Znalazłszy się na zewnątrz, głęboko odetchnął chłodnym powietrzem wieczoru i szybko ruszył na poszukiwanie rodziny. Przez chwilę gonił go jeszcze śmiech doktora Kaina niby szczekanie hieny zagłuszone katarynkową muzyką karuzeli.

* * *

Max słuchał jak zauroczony opowieści starego latarnika, aż do tego momentu nie mając odwagi zadać choćby jednego z tysiąca kłębiących mu się w głowie pytań. Víctor Kray, jakby czytając w jego myślach, ostrzegawczo wyciągnął ku niemu palec.

– Trochę cierpliwości, chłopcze. W swoim czasie wszystko zacznie pasować do siebie. Nie wolno przerywać. Surowo zabronione. Zrozumiano?

Choć ostrzeżenie skierowane było do Maxa, cała trójka zgodnie przytaknęła.

– To dobrze, dobrze... – zamruczał pod nosem latarnik.

* * *

– Tego samego wieczoru postanowiłem raz na zawsze oddalić się od tego osobnika i wymazać z pamięci jakąkolwiek myśl z nim związaną. A nie było to łatwe. Kimkolwiek był doktor Kain, jego postać głęboko zapadała w pamięć, niczym złośliwa drzazga, którą im bardziej próbujesz wyjąć, ona tym bardziej wrzyna się w ciało. Nikomu nie mogłem zwierzyć się z tej sprawy, ponieważ wzięto by mnie za lunatyka. Na policję też nie mogłem się zgłosić, bo nawet nie wiedziałbym, od czego zacząć. Zgodnie z rozsądną zasadą pozwoliłem, by czas, mijając, zatarł pamięć o całej sprawie.

Dobrze nam się żyło w nowym miejscu. Poznałem kogoś, kto bardzo mi pomógł. Tą osobą był pastor uczący w szkole matematyki i fizyki. Na pierwszy rzut oka sprawiał wrażenie kogoś bujającego w obłokach, ale inteligencja dorównywała u niego dobroci skutecznie skrywanej za fasadą zwariowanego uczonego. To on mnie zachęcił do nauki i dzięki niemu odkryłem matematykę. Nic więc dziwnego, że po kilku latach kształcenia pod jego kierunkiem moje zamiłowanie do przedmiotów ścisłych wzrosło. Z początku chciałem iść w jego ślady i zostać nauczycielem, ale wielebny mnie zbeształ i powiedział, że muszę kontynuować naukę na uniwersytecie, studiować fizykę i zostać najlepszym inżynierem, jakiego kiedykolwiek wydał ten kraj. Inaczej stracę jego wsparcie.

To on zdobył dla mnie stypendium i to on w istocie nadał mojemu życiu spodziewany bieg. Zmarł tydzień przed moim dyplomem. Nie wstydzę się mówić, że jego śmierć dotknęła mnie równie – jeśli nie bardziej – jak śmierć ojca. Na uniwersytecie poznałem człowieka, przez którego ponownie miałem spotkać doktora Kaina: młodego studenta medycyny pochodzącego z niewyobrażalnie bogatej rodziny (tak mi się przynajmniej wydawało), Richarda Fleischmanna. Tak jest, właśnie jego: przyszłego doktora Richarda Fleischmanna, który lata później kazał zbudować dom przy plaży.

Richard Fleischmann był człowiekiem impulsywnym i ekstrawaganckim. Przez całe życie przywykł do tego, że wszystko idzie po jego myśli, a jeśli z jakiejkolwiek przyczyny coś się nie udawało, reagował z pasją. Zaprzyjaźniliśmy się na skutek ironii losu: zakochaliśmy się w tej samej kobiecie: Evie Gray, córce najbardziej nielubianego, apodyktycznego profesora chemii.

Z początku chodziliśmy wszędzie w trójkę, nawet w niedziele wyruszaliśmy na wspólne wycieczki – o ile pozwalał na to groźny Theodore Gray. Ale ta sielanka nie trwała długo. Najciekawsze z tego wszystkiego jest to, że ja i Fleischmann, zamiast rywalami, zostaliśmy nierozłącznymi przyjaciółmi. Odprowadziwszy Evę do jaskini lwa, wracaliśmy zawsze razem, choć świetnie zdawaliśmy sobie sprawę, że wcześniej czy później jeden z nas wypadnie z gry.

Do tamtego dnia przeżyłem dwa najwspanialsze chyba lata życia. Ale wszystko ma swój kres. A ten dla naszej nierozerwalnej trójki nadszedł w wieczór rozdania dyplomów. Choć uzyskałem wszystkie możliwe nagrody, nie potrafiłem się nimi cieszyć, bo byłem całkowicie zdruzgotany śmiercią mojego nauczyciela. Raczej stroniłem od alkoholu, lecz Eva i Richard postanowili mnie za wszelką cenę upić i wyrwać ze szponów melancholii. Ale pewnie domyślacie się, że ten potwór Theodore, mimo iż głuchy jak pień, wydawał się słyszeć nawet przez ścianę. Odkrył cały plan i w rezultacie wieczór spędziłem sam z Fleischmannem, w jakiejś spelunie, gdzie, pijani w sztok, oddawaliśmy hołdy obiektowi naszej niemożliwej miłości, Evie Gray.

Gdy ledwo trzymając się na nogach i zataczając, wracaliśmy do kampusu, zobaczyliśmy, jak przy dworcu kolejowym wyłania się z mgły wesołe miasteczko. Przekonani, że przejażdżka karuzelą będzie idealnym antidotum na nasz stan, weszliśmy do lunaparku i znaleźliśmy się przed wozem doktora Kaina, wróżbity, maga, jasnowidza – jak nieodmiennie głosił złowieszczy afisz. Fleischmann wpadł na genialny pomysł. Mieliśmy wejść i zapytać wróżbitę, kogo z nas wybierze Eva. Pomimo stanu zaćmienia pozostawało mi jeszcze tyle zdrowego rozsądku, żeby nie wchodzić, ale nie tyle sił, by powstrzymać przyjaciela, który śmiało wkroczył do środka.

Musiałem stracić przytomność, bo nie pamiętam zbyt dobrze, co się działo w ciągu kilku następnych godzin. Kiedy doszedłem do siebie, czując rozsadzający mi głowę ból, leżeliśmy z Fleischmannem na starej drewnianej ławce. Świtało, a cyrkowych wozów wesołego miasteczka już nie było, jakby cały ten nocny fajerwerk różnokolorowych światełek, rejwachu i tłumów był jedynie przywidzeniem naszych pijanych głów. Usiedliśmy i rozejrzeliśmy się po pustym placu. Zapytałem przyjaciela, czy pamięta coś z nocnych wydarzeń. Fleischmann, wysilając pamięć, opowiedział, jak to śniło mu się, iż wszedł do namiotu jakiegoś wróżbity i na jego pytanie o swoje największe pragnienie odpowiedział, że chciałby zyskać miłość Evy Gray. To powiedziawszy, roześmiał się, żartując na temat potężnego kaca, jaki zarobiliśmy, przekonany, że nic z tego, o czym była mowa, nie wydarzyło się naprawdę.

Dwa miesiące później Eva Gray i Richard Fleischmann pobrali się. Nawet nie zaprosili mnie na wesele. Miałem ich spotkać ponownie dopiero po dwudziestu pięciu długich latach.

* * *

Gdy pewnego dżdżystego zimowego dnia wychodziłem z biura, dostrzegłem, jak moim śladem rusza jakiś mężczyzna owinięty gabardynowym płaszczem. Gdy dotarłem na miejsce, wyjrzałem przez okno jadalni. Mężczyzna stał cały czas pod domem, jakby mnie szpiegował. Po chwili wahania wyszedłem na ulicę z mocnym postanowieniem zdemaskowania tajemniczego szpicla. Tym trzęsącym się z zimna tajniakiem był Richard Fleischmann. Twarz miał przeoraną, zniszczoną czasem. Z tej twarzy spoglądały oczy człowieka ściganego. Zastanawiałem się, od ilu to już miesięcy ten mój były przyjaciel nie zaznał spokojnego snu. Zaprosiłem go do domu i poczęstowałem kawą. Unikając bojaźliwie mego wzroku, zapytał mnie o tę dawno już pogrzebaną w pamięci noc w jarmarcznej budzie doktora Kaina.

Nie miałem ochoty na jakiekolwiek grzecznościowe ceregiele, więc zapytałem go wprost, czego Kain zażądał w zamian za spełnienie jego marzenia. Fleischmann z twarzą ściętą strachem i wstydem padł przede mną na kolana i płacząc, zaczął błagać o ratunek. Obojętny na jego lamenty, ponowiłem pytanie. Co takiego przyrzekł doktorowi Kainowi w zamian za jego pomoc?

„Mojego pierworodnego – odparł. – Mojego pierworodnego syna…”

* * *

Fleischmann wyznał mi, że przez lata w tajemnicy aplikował swojej żonie środek, który nie pozwalał jej zajść w ciążę. Z czasem doprowadziło to Evę Fleischmann do głębokiej depresji, a brak upragnionego przez nią potomstwa uczynił życie małżonków piekłem. Fleischmann obawiał się, że jeśli Eva nie będzie miała dziecka, to po prostu oszaleje albo popadnie w melancholię tak głęboką, iż zgaśnie z wolna niczym świeca pozbawiona tlenu. Wyznał, że nie ma nikogo, kogo mógłby prosić o pomoc, więc błaga mnie o przebaczenie i ratunek. W końcu odpowiedziałem, że mu pomogę, ale nie z jego powodu, ale ze względu na to, co wciąż łączyło mnie z Evą Gray, i na pamięć naszej młodzieńczej przyjaźni.

Tej nocy wyprosiłem Fleischmanna z domu, ale w zamiarze zupełnie innym niż ów człowiek, którego kiedyś uważałem za przyjaciela, mógł się spodziewać. W strugach deszczu poszedłem za nim. Idąc przez miasto, zastanawiałem się, dlaczego to robię. Na samą myśl, że ta, która odrzuciła mnie, kiedy byliśmy młodzi, miałaby oddać swego syna temu nędznemu szamanowi, wywracały mi się wnętrzności, a to wystarczało, bym się zdecydował ponownie stawić czoło doktorowi Kainowi, choć moja młodość już dawno minęła, a ja coraz bardziej utwierdzałem się w przekonaniu, że z tej gry raczej nie wyjdę zwycięsko.

Idąc tropem Fleischmanna, dotarłem do nowej kryjówki mojego starego znajomego, Księcia Mgły. Teraz jego siedzibą był cyrk objazdowy. Ku mojemu zdziwieniu zrezygnował z tytułu jasnowidza i wróżbity, by wcielić się w skromniejszą, ale bardziej zgodną z jego poczuciem humoru postać. Był klownem i występował z twarzą pomalowaną na biało i czerwono, choć jego oczy o zmiennym kolorze zdradziłyby jego tożsamość, nawet gdyby skrył się pod dwunastoma warstwami szminki. Cyrk Kaina pozostał przy sześciopromiennej gwieździe przymocowanej na szczycie masztu, a mag otoczył się złowrogą kohortą kompanów, którzy pod płaszczykiem odpustowego handlu zdawali się ukrywać mętne interesy. Przez dwa tygodnie śledziłem cyrk Kaina i w miarę szybko odkryłem, że przetarty żółtawy namiot jest osłoną dla działań niebezpiecznej bandy oszustów, kryminalistów i złodziei, dopuszczających się rabunków i grabieży, gdziekolwiek gościli. Na podstawie swoich obserwacji doszedłem również do wniosku, że ponieważ doktor Kain miał tak niewielkie wymagania, jeśli chodzi o dobór swoich niewolników, znaczył za sobą ślad przeraźliwych zbrodni, porwań i kradzieży. Nie uchodziło to uwadze lokalnej policji, która już czuła fetor korupcji rozsiewany przez ten fantasmagoryczny cyrk.

Kain, świadom zagrożenia, uznał, że musi wraz ze swymi kompanami zniknąć z kraju, i to bezzwłocznie, po cichu, unikając kłopotliwych procedur granicznych. Wykorzystując karciany dług, jaki miał względem niego nierozważny holenderski kapitan, doktor Kain zdołał dostać się na pokład „Orfeusza". A ja razem z nim.

Tego, co wydarzyło się owej nocy podczas sztormu, nawet ja nie potrafię do końca wyjaśnić. Potworna nawałnica zepchnęła „Orfeusza" z powrotem ku wybrzeżu i rzuciła na skały, które rozerwały kadłub. Woda wlewająca się przez powstałą wyrwę zatopiła statek w parę sekund. Ja leżałem ukryty w jednej z szalup ratunkowych. Szalupa oderwała się przy zderzeniu ze skałami i została przez fale wyrzucona na brzeg. Tylko dlatego się uratowałem. Kain i jego świta podróżowali w ładowni, schowani za skrzyniami, w obawie przed ewentualną kontrolą wojskową na wodach kanału. Przypuszczalnie kiedy lodowata woda wdarła się do środka, nawet nie zdążyli się zastanowić, co się dzieje...

* * *

– Ale – nie wytrzymał w końcu Max – ciał i tak nie odnaleziono.

Víctor Kray pokręcił głową.

– Bardzo często podczas sztormów o takiej sile morze zabiera ze sobą ciała – wyjaśnił.

– Ale je zwraca, wcześniej czy później zwraca – nie ustępował Max. – Czytałem o tym.

– Nie musisz wierzyć we wszystko, co przeczytasz – skwitował stary latarnik – choć w tym przypadku rzeczywiście tak jest.

– To co takiego się stało? – spytała Alicja.

– Przez całe lata miałem na ten temat własną teorię, w którą zresztą sam nie bardzo wierzyłem. Ale teraz wszystko wydaje się ją potwierdzać...

* * *

– Byłem jedynym, który przeżył katastrofę „Orfeusza". Niemniej kiedy w szpitalu odzyskałem przytomność, zrozumiałem, że wydarzyło się coś dziwnego. Postanowiłem wybudować tę latarnię i osiedlić się tutaj, ale tę część historii już znacie. Wiedziałem, że owa okropna noc nie oznaczała zniknięcia doktora Kaina, a jedynie jego czasowe odsunięcie. Dlatego nie ruszałem się stąd przez te wszystkie lata. Kiedy zginęli rodzice Rolanda, zaopiekowałem się nim, on zaś stał się jedyną osobą, która towarzyszyła mi na tym wygnaniu.

To jednak nie wszystko. Z czasem popełniłem jeszcze inny fatalny błąd. Chciałem skontaktować się z Evą Gray. Może po to, żeby się dowiedzieć, czy wszystko, przez co przeszła, miało jakikolwiek sens. Fleischmann mnie uprzedził i dowiedziawszy się, gdzie mieszkam, przyjechał do mnie. Opowiedziałem mu, co się wydarzyło, i to chyba uwolniło go od wszystkich męczących go przez te lata demonów. Postanowił wybudować dom przy plaży, a wkrótce urodził się Jacob. To były najlepsze lata w życiu Evy. Do śmierci chłopca.

W dniu, w którym Jacob Fleischmann utonął, uświadomiłem sobie, że Książę Mgły nigdy nie odszedł. Odsunął się w cień, czekając, cierpliwie, bez pośpiechu, aż jakaś siła ponownie sprowadzi go na świat żywych. A nie ma potężniejszej siły niż obietnica...

Rozdział jedenasty

Kiedy stary latarnik skończył opowieść, zegarek Maxa wskazywał prawie piątą. Na dworze zaczął siąpić drobny deszczyk, a wiejący znad morza wiatr uparcie dudnił w okiennice domu przy latarni morskiej.

– Nadciąga burza – powiedział Roland, zapatrzony w ołowiany horyzont nad oceanem.

– Max, musimy wracać do domu. Niedługo zadzwoni tata – szepnęła Alicja.

Max pokiwał głową bez przekonania. Czuł, że musi gruntownie przemyśleć wszystko, co wyjawił im stary, i spróbować złożyć w całość części tej łamigłówki. Latarnik pogrążył się teraz w apatycznym milczeniu; widać było, że dzielenie się starymi wspomnieniami kosztowało go sporo wysiłku. Siedział bez ruchu w fotelu, zapatrzony w przestrzeń.

– Max... – powtórzyła Alicja.

Chłopiec wstał i bez słów pożegnał się z latarnikiem, który odpowiedział mu ledwo dostrzegalnym skinieniem głowy. Roland przyglądał się przez chwilę dziadkowi, po czym wyszedł razem z przyjaciółmi.

– Co o tym sądzisz? – Max zwrócił się do Alicji.

– Nie wiem – przyznała, wzruszając ramionami.

– Nie uwierzyłaś w historię dziadka Rolanda? – dopytywał się Max.

– Niełatwo w nią uwierzyć – odparła Alicja. – Na pewno to wszystko dałoby się wyjaśnić jakoś inaczej...

Max spojrzał pytająco na Rolanda.

– Ty też nie wierzysz dziadkowi?

– Jeśli mam być szczery, sam już nie wiem – odpowiedział Roland. – Chodźcie. Odprowadzę was. Może uda nam się zdążyć przed burzą.

Alicja wsiadła na rower Rolanda, po czym bez słowa ruszyli w drogę powrotną. Max odwrócił się, by jeszcze przez chwilę popatrzeć na domek latarnika. Zastanawiał się, czy w ciągu lat spędzonych samotnie na tym stromym klifie Víctor Kray mógł sobie wymyślić tę mroczną historię, w którą wydawał się wierzyć bez zastrzeżeń. Max wystawił twarz na deszcz, potem wsiadł na rower i ruszył zboczem w dół.

Kiedy skręcał w drogę wiodącą skrajem plaży, cały czas miał jeszcze w głowie historię Kaina i Victora Kraya. Pedałując w deszczu, zaczął porządkować fakty w jedyny sposób, jaki wydawał mu się choć trochę prawdopodobny. Nawet jeśliby przyjąć, że dziadek Rolanda mówił prawdę – w co nie było znowu tak łatwo uwierzyć – sytuacja pozostawała niewyjaśniona. Potężny mag, pogrążony w długim śnie, wydawał się powoli wracać do życia. I śmierć Jacoba Fleischmanna miała być pierwszym zwiastunem owego powrotu. A jednak w całej tej historii, którą stary latarnik przez tyle lat trzymał w tajemnicy, coś się nie zgadzało.

Pierwsze błyskawice rozświetliły szkarłatne niebo i wiatr zaczął wściekle pluć wielkimi kroplami deszczu prosto w twarz Maxa. Chłopak przyspieszył, chociaż w nogach czuł jeszcze poranny maraton. Do domku przy plaży zostało parę kilometrów.

Max zrozumiał, że nie uda mu się uwierzyć w opowieść latarnika i tak po prostu przyjąć, że wyjaśnia ona wszystko. Przypomniał sobie mroczny ogród posągów i tajemnicze wypadki, wszystkie, jakie zaszły, odkąd przybyli do miasteczka, i pomyślał, że w ruch wprawiony został jakiś złowrogi mechanizm; i teraz nikt nie mógł przewidzieć, co się miało wydarzyć. Z udziałem Rolanda i Alicji czy nie, Max miał zamiar poprowadzić własne śledztwo i obiecał sobie, że nie spocznie, dopóki nie odkryje prawdy. Wiedział już, od czego zacząć: był pewien, że filmy Jacoba Fleischmanna zawiodą go do serca zagadki. Im dłużej się nad tym zastanawiał, tym bardziej utwierdzał się w przekonaniu, że Víctor Kray nie powiedział im całej prawdy. Ani nawet jej części.

* * *

Alicja i Roland czekali już na ganku domu przy plaży, kiedy Max, przemoczony do suchej nitki, schowawszy rower w garażu, puścił się pędem w kierunku domu, aby się schronić przed deszczem.

– Już drugi raz w tym tygodniu tak zmokłem – roześmiał się. – Jak tak dalej pójdzie, to się rozpuszczę. Nie masz chyba zamiaru wracać teraz do domu, prawda, Rolandzie?

– Obawiam się, że tak – odparł Roland, wpatrzony w nieprzezierną zasłonę ulewy, która rozszalała się na dobre. – Nie chcę zostawiać dziadka samego.

– Weź przynajmniej pelerynę. Przeziębisz się i zapalenie płuc gotowe – stwierdziła Alicja.

– Nie potrzebuję. Jestem przyzwyczajony. Poza tym to letnia burza, szybko przejdzie.

– Głos doświadczenia przez ciebie przemawia – zadrwił Max.

– Żebyś wiedział – zapewnił Roland.

Troje przyjaciół popatrzyło po sobie w milczeniu.

– Chyba najlepiej będzie nie wracać do tematu aż do jutra – zaproponowała Alicja. – Musimy się porządnie wyspać, to pomoże nam zobaczyć wszystko w innym świetle. Tak się przynajmniej mówi...

– Nie wiem, kto będzie mógł spać spokojnie po wysłuchaniu podobnej historii – obruszył się Max.

– Twoja siostra ma rację – powiedział Roland.

– Lizus! – odgryzł się Max.

– Zmieniając temat: mam zamiar jutro znów zanurkować przy wraku. Może uda mi się wyłowić sekstans, który wczoraj wypadł komuś z rąk... – zapowiedział Roland.

Max już układał w myślach jakąś zjadliwą odpowiedź, która nie pozostawiałaby wątpliwości co do tego, że nurkowanie do wraku „Orfeusza" uważał za nie najlepszy pomysł, ale uprzedziła go Alicja.

– Przyjdziemy – zapewniła.

Szósty zmysł podpowiadał Maxowi, że siostra użyła liczby mnogiej z czystej kurtuazji.

– W takim razie do jutra – powiedział Roland, wpatrując się natarczywie w Alicję.

– Ja też tu jestem – rzekł Max śpiewnym głosem.

– Do widzenia, Max – pożegnał się Roland, wsiadając na rower.

Alicja i Max patrzyli za przyjacielem oddalającym się pośród burzy. Stali na ganku, dopóki jego sylwetka nie zniknęła za zakrętem drogi biegnącej skrajem plaży.

– Powinieneś się przebrać w suche ubranie. Ja tymczasem przygotuję kolację – zakomenderowała Alicja.

– Ty? – Max nie mógł wyjść ze zdziwienia. – Przecież nie umiesz gotować!

– A kto powiedział jaśnie wielmożnemu panu, że mam zamiar gotować? Restauracji nie prowadzę. A teraz do środka – oznajmiła Alicja, uśmiechając się złośliwie.

Max postanowił zastosować się do poleceń siostry i wszedł do domu. Nieobecność rodziców i małej Iriny potęgowała jeszcze wrażenie, jakiego doznał już pierwszego dnia – czuł się tutaj jak intruz, który zakradł się do cudzego mieszkania. Kiedy wchodził po schodach do swojej sypialni, zdał sobie nagle sprawę, że już od kilku dni ani razu nie widział obrzydliwego zwierzaka Iriny. Uznał, że nie jest to zbyt wielka strata, i szybko o tym zapomniał.

* * *

Zgodnie z zapowiedzią Alicja nie strawiła w kuchni ani minuty dłużej, niż było to absolutnie niezbędne. Przygotowała kanapki z żytniego chleba z masłem i marmoladą i nalała do szklanek mleka.

Mina Maxa, kiedy ujrzał tacę z tym substytutem kolacji, mówiła sama za siebie.

– Nie chcę słyszeć ani słowa sprzeciwu. Nie jestem stworzona do gotowania.

– Nigdy cię o to nie podejrzewałem – odparł Max, który nie był zresztą głodny.

Jedli w milczeniu, czekając na telefon ojca z wiadomościami ze szpitala. Aparat jednak uparcie milczał.

– Może dzwonili wcześniej, kiedy byliśmy w domku latarnika – odezwał się Max.

– Może – odburknęła Alicja.

Max zauważył niepokój na twarzy siostry.

– Gdyby stało się coś złego, na pewno by zadzwonili – powiedział Max. – Wszystko będzie dobrze.

Alicja uśmiechnęła się blado. Max pomyślał, że ma naprawdę wrodzony dar pocieszania innych argumentami, w które sam nie wierzy.

– Pewnie masz rację – bąknęła Alicja. – Chyba się położę. A ty?

Max dopił mleko i wskazał w kierunku kuchni.

– Też zaraz pójdę spać, ale najpierw muszę jeszcze coś zjeść. Umieram z głodu – skłamał.

Kiedy tylko usłyszał odgłos zamykających się drzwi do sypialni Alicji, odstawił szklankę i poszedł do garażu, w poszukiwaniu kolejnych filmów z kolekcji Jacoba Fleischmanna.

* * *

Max zakręcił korbą projektora i snop światła rozlał się na ścianie, ukazując zamazany obraz czegoś, co przypominało plątaninę znaków. Powoli obraz zaczął nabierać ostrości i Max pojął, że nie były to żadne symbole, a cyfry rozmieszczone w okręgu, i że ma przed oczyma tarczę zegarka. Jego nieruchome wskazówki rzucały na tę tarczę wąskie cienie, co pozwalało się domyślać, że ujęcie nakręcone zostało w pełnym słońcu lub w pobliżu źródła silnego światła. Jeszcze przez kilka sekund film ukazywał tylko ten uśpiony zegarek, aż nagle wskazówki ruszyły z miejsca, najpierw bardzo powoli, potem coraz szybciej, by w końcu zawirować w szalonym biegu na wspak. Kamerzysta cofał się i widz mógł się teraz przekonać, że zegarek wisi na dewizce. Kolejne półtora metra do tyłu i widać było, że dewizka wisi na białej dłoni. Dłoni posągu.

Max natychmiast rozpoznał ogród posągów – scenerię pierwszego filmu Jacoba Fleischmanna, tego, który oglądali przed paroma dniami. I po raz kolejny posągi rozstawione były zupełnie inaczej, niż Max pamiętał ze swojej wizyty na opuszczonej posesji. Kamera zaczynała wędrówkę pośród posągów, bez cięć i bez pauz, dokładnie jak na pierwszym filmie. Co dwa metry zatrzymywała się przed twarzą któregoś z posągów. Max przyglądał się po kolei członkom cyrkowej trupy, ich zastygłym w bezruchu rysom, wyobrażając sobie, jak walczą z żywiołem w ciemnościach pod pokładem „Orfeusza", a lodowata woda odbiera im życie.

Na koniec kamerzysta podchodził powoli do figury znajdującej się w samym środku sześciopromiennej gwiazdy. Klown. Doktor Kain. Książę Mgły. U jego stóp Max dostrzegł nieruchomą postać kota wyciągającego w powietrze łapę zakończoną ostrymi pazurami. Max, który nie pamiętał go ze swojej wizyty w ogrodzie posągów, założyłby się o cokolwiek, że niepokojące podobieństwo kamiennego kota do zwierzaka przygarniętego przez Irinę pierwszego dnia na stacji nie było bynajmniej przypadkowe. Kiedy patrzył na te obrazy, słysząc szum deszczu bijącego o szyby i odgłosy burzy oddalającej się teraz w głąb lądu, nie było mu wcale trudno uwierzyć w historię, którą stary latarnik opowiedział im tego popołudnia. Już sama złowieszcza obecność tych budzących lęk posągów wystarczała, by zagłuszyć wszelkie wątpliwości, nawet te najbardziej racjonalne.

Kamera robiła teraz najazd na twarz klowna, zatrzymała się od niej niecałe pół metra i trwała tak w bezruchu dobrych kilka sekund. Max kątem oka spojrzał na szpulę i zobaczył, że film niedługo się skończy – zostało już tylko kilka metrów taśmy. Wtedy na filmie stało się coś, co ponownie przykuło jego uwagę. Kamienne oblicze drgnęło w sposób niemal niezauważalny. Max wstał i podszedł do ściany. Źrenice w kamiennej twarzy klowna rozszerzyły się, a usta wykrzywiły powoli w okrutnym uśmiechu, odsłaniając rząd długich i ostrych jak u wilka zębów. Max poczuł, że serce podchodzi mu do gardła.

Po chwili obraz zniknął i rozległy się odgłosy końcówki taśmy, której luźny koniec uderzał teraz o projektor. Film się skończył.

Max wyłączył projektor i zaczerpnął głęboko powietrza. Teraz wierzył we wszystko, co Víctor Kray im opowiedział, ale wcale nie czuł się z tym lepiej, wręcz przeciwnie. Wszedł do sypialni i zamknął za sobą drzwi. Wyjrzał przez okno i zatrzymał wzrok na majaczącej w oddali posesji z posągami. Tak jak zwykle kontury kamiennego ogrodu tonęły w gęstej, nieprzeniknionej mgle.

Tej nocy jednak tańczące opary nie napływały wcale znad lasu, lecz wydawały się emanować z wnętrza samego ogrodu.

Nieco później, usiłując zasnąć i wymazać z pamięci twarz klowna, Max pomyślał, że owa mgła nie była niczym innym niż lodowatym oddechem doktora Kaina, który uśmiechając się, czekał cierpliwie, aż wybije wreszcie godzina jego powrotu.

Rozdział dwunasty

Gdy Max obudził się rano, poczuł, że głowę ma jak z galarety. Za oknem zapowiadał się pogodny, słoneczny dzień. Max usiadł leniwie na łóżku i sięgnął po leżący na nocnym stoliku kieszonkowy zegarek. W pierwszej chwili pomyślał, że zegarek się zepsuł. Przyłożył go do ucha. Mechanizm działał bez zarzutu, co oznaczało, że to Max nawalił. Było południe.

Wyskoczył z łóżka i zbiegł po schodach najszybciej jak mógł. Na stole w jadalni leżała złożona na pół kartka. Rozłożył ją i przeczytał staranne pismo siostry.

Dzień dobry, śpiąca królewno!

Kiedy będziesz to czytał, ja będę już z Rolandem na plaży. Pożyczyłam twój rower, chyba nie masz nic przeciwko temu. Zauważyłam, że w nocy byłeś „w kinie", nie chciałam cię budzić. Tata zadzwonił z samego rana i powiedział, że nie wiedzą jeszcze, kiedy

będą mogli wrócić do domu. U Iriny bez zmian, ale
lekarze mówią, że prawdopodobnie w ciągu paru
najbliższych dni wyjdzie ze śpiączki. Wytłumaczy-
łam tacie, że o nas nie musi się martwić (wcale nie
było łatwe).

Aha, nie ma nic na śniadanie.

Jesteśmy na plaży. Miłych snów...

Alicja

Max, zanim odłożył liścik z powrotem na stół, przeczytał go trzykrotnie. Wbiegł na górę i szybko umył twarz.
Wciągnął spodenki kąpielowe, włożył niebieską koszulę
i poszedł do szopy po drugi rower. Nie zdążył jeszcze
wyjechać na drogę, kiedy jego żołądek zaczął domagać
się stałej porannej porcji. Dojechawszy do miasteczka,
chłopak skręcił w stronę głównego placu, do znajdującej
się nieopodal ratusza piekarni. Dochodzące już z daleka
zapachy i coraz częstsze odgłosy całkowitej aprobaty wy-
dawane przez jego żołądek utwierdziły go w przekonaniu, że podjął jedyną słuszną decyzję. Po trzech magda-
lenkach i dwóch czekoladkach znalazł się z powrotem na
drodze na plażę. Na jego twarzy malowało się rozanie-
lenie.

* * *

Rower Alicji stał oparty na nóżce przy ścieżce scho-
dzącej na plażę, gdzie Roland miał swoją chatkę. Gdy

Max stawiał swój rower obok roweru siostry, przez głowę przemknęła mu myśl, że choć miasteczko nie wygląda na siedlisko złodziei, nie od rzeczy byłoby kupić parę łańcuchów i kłódek. Popatrzył chwilę na wznoszącą się na szczycie klifu latarnię morską i zaczął schodzić ku plaży. Nim skręcił ze ścieżki biegnącej wśród wysokich traw i wychodzącej na maleńką zatokę, zatrzymał się.

Około dwudziestu metrów stamtąd, na brzegu plaży, tam, gdzie piasek stykał się z wodą, leżała Alicja. Przy niej klęczał Roland, z ręką na jej biodrze, i nachylał się, by pocałować ją w usta. Max cofnął się gwałtownie i skrył za trawami, z nadzieją, że ani siostra, ani Roland go nie widzieli. Przez chwilę stał bez ruchu, gorączkowo zastanawiając się, co ma właściwie dalej robić. Czy jak jaki uśmiechnięty głupek nagle pojawić się i jakby nigdy nic powiedzieć: dzień dobry, czy też raczej udać się na spacer.

Max nie miał chęci na szpiegowanie, ale nie mógł się powstrzymać, by nie zerknąć raz jeszcze poprzez trawy na siostrę i Rolanda. Wyraźnie słyszał ich śmiechy i mógł dostrzec, jak dłonie Rolanda przesuwają się nieśmiało po ciele Alicji, nie tylko wstydliwie, z drżeniem, które wskazywałoby, iż czynią to po raz pierwszy, najwyżej drugi. Maxowi nasunęło się pytanie, czy i dla Alicji była to pierwsza sytuacja tego typu, i, ku swojemu zdziwieniu, stwierdził, że nie potrafi na nie odpowiedzieć. Choć przeżyli pod jednym dachem całe dotychczasowe życie, jego siostra Alicja była dlań jedną wielką tajemnicą.

Widok leżącej tam, na plaży, siostry całującej się z Rolandem był czymś całkowicie niespodziewanym i zbijającym z tropu. Od początku czuł, że między Rolandem i Alicją przepływają wzajemne prądy, ale czymś innym jest wyobrażanie sobie czegoś, a czymś zupełnie innym zobaczenie tego na własne oczy. Raz jeszcze nachylił się, żeby rzucić okiem na plażę, i nagle ogarnęło go przekonanie, że nie ma prawa tu przebywać i że ta chwila należy wyłącznie do jego siostry i do Rolanda. W milczeniu zaczął się cofać, by wrócić do miejsca, gdzie zostawił rower.

Oddalając się od plaży, zastanawiał się, czy przypadkiem nie jest zazdrosny. Może wszystko wynikało z tego, że przez tyle lat uważał siostrę za dużą dziewczynkę, pozbawioną jakichkolwiek sekretów i oczywiście niezdolną całować się tak po prostu z kimkolwiek. Zaśmiał się z własnej naiwności, by po chwili zacząć odczuwać radość z tego, co zobaczył. Nie mógł przewidzieć, co stanie się w tydzień później ani co przyniesie ze sobą koniec lata, ale tego dnia był pewien, że jego siostra czuje się szczęśliwa. I było to znacznie więcej, niż można było o niej powiedzieć przez wiele lat.

Znowu popedałował do centrum miasteczka i zatrzymał się przy budynku biblioteki miejskiej. Przy wejściu, w starej gablocie wisiały za szybą informacje o godzinach otwarcia oraz inne komunikaty, łącznie z miesięcznym repertuarem jedynego w promieniu wielu kilometrów kina i mapą miasteczka. Max skupił uwagę na mapie, chcąc dokładnie ją przestudiować. Obraz miasteczka odpowiadał mniej więcej wyobrażeniu, jakie zdążył sobie wyrobić.

Na mapie zaznaczono dokładnie port, centrum, plażę północną z domem Carverów, zatokę „Orfeusza" i latarnię, boiska sportowe tuż przy stacji kolejowej oraz cmentarz. Nagle coś go tknęło. Miejski cmentarz. Dlaczego wcześniej o tym nie pomyślał? Spojrzał na zegarek i stwierdził, że jest dziesięć po drugiej. Ponownie wsiadł na rower i pojechał główną ulicą w stronę małego cmentarza, na którym spodziewał się znaleźć grób Jacoba Fleischmanna.

* * *

Miejscowy cmentarz, typowy prostokąt ziemi, usytuowany był na końcu długiej alei wysadzonej smukłymi cyprysami. Niczym szczególnym się nie wyróżniał. Kamienne mury wydawały się umiarkowanie stare, a samo miejsce wyglądało identycznie jak niemal każdy prowincjonalny cmentarz, na który z wyjątkiem kilku szczególnych dni w roku – nie licząc miejscowych pogrzebów – mało kto zaglądał. Furtka była uchylona, a metalowa, pokryta rdzą tabliczka oznajmiała, że cmentarz otwarty jest w godzinach od dziewiątej do siedemnastej latem i od ósmej do czwartej zimą. Jeśli był jakiś stróż, Max nie zdołał go wypatrzyć.

143

Spodziewał się znaleźć miejsce ponure i odstręczające, ale słońce pierwszych dni lata nadawało cmentarzowi charakter małej, spokojnej, choć niepozbawionej melancholii samotni.

Max zostawił rower oparty o cmentarny mur i wszedł za furtkę. Na pierwszy rzut oka na cmentarzu wydawały się dominować skromne grobowce, należące przypuszczalnie do rodzin od dawna tu osiadłych, oraz wzniesione stosunkowo niedawno kolumbaria.

Max dopuszczał myśl, że Fleischmannowie mogli w swoim czasie wybrać miejsce pochówku małego Jacoba daleko stąd, niemniej intuicja podpowiadała mu, że szczątki potomka doktora Fleischmanna pogrzebane zostały w miasteczku, w którym chłopiec przyszedł na świat. Pół godziny zajęło Maxowi odnalezienie grobu. Znajdował się na krańcu cmentarza, w cieniu dwóch starych drzew. Był to niewielki kamienny grobowiec, zniszczony przez upływ czasu i deszcze. Konstrukcja miała kształt wąskiego marmurowego mauzoleum, poczerniałego i pokrytego brudem, z małą furtką z kutego żelaza, strzeżoną przez dwa anioły wznoszące boleściwy wzrok ku niebu. Spomiędzy zardzewiałych prętów zwisała jeszcze, od niepamiętnych czasów, wiązanka zeschniętych kwiatów.

Max poczuł, że miejsce emanuje smutkiem i choć nie było wątpliwości, że od dawna nikt tego grobu nie odwiedzał, wciąż zdawało się pobrzmiewać echo bólu i tragedii. Max wszedł na wyłożoną kamiennymi płytami alejkę i stanął na progu. Furtka była niedomknięta. Z wnętrza unosił się zaduch zamkniętego pomieszczenia. Wokół panowała absolutna cisza. Raz jeszcze rzucił okiem na kamienne anioły strzegące grobu Jacoba Fleischmanna i przekroczył próg mauzoleum, zdając sobie sprawę, że jeszcze chwila, a odwróci się na pięcie i ucieknie.

We wnętrzu panował półmrok, więc Max mógł dostrzec resztki leżących na posadzce kwiatów, a dalej płytę, na której wyryte było imię i nazwisko Jacoba Fleischmanna. Ale było tam coś jeszcze. Pod napisem, w środku nagrobka, widniał symbol sześciopromiennej gwiazdy wpisanej w krąg.

Max poczuł nieprzyjemne mrowienie i dopiero teraz zapytał sam siebie, co go skusiło, żeby przyjść tu samemu. Za jego plecami światło słoneczne zdawało się nieznacznie słabnąć. Wyjął zegarek, chcąc sprawdzić godzinę, całkiem poważnie brał bowiem pod uwagę absurdalną ewentualność, że się zasiedział i stróż zamknął bramę, nie wiedząc, że ktoś został. Wskazówki jego zegara wskazywały parę minut po trzeciej. Odetchnął głęboko i uspokoił się.

Raz jeszcze rozejrzał się po krypcie i doszedłszy do wniosku, że nie ma tam nic, co rzuciłoby nowe światło na historię doktora Kaina, postanowił odejść. W tym właśnie momencie dostrzegł, że nie jest w mauzoleum sam i że po suficie przesuwa się cicho niczym owad ciemna sylwetka. Poczuł, jak zegarek wyślizguje się mu z dłoni, pokrytych zimnym potem, i uniósł wzrok. Jeden z kamiennych aniołów, które widział przed wejściem, szedł po suficie z głową w dół. Raptem zatrzymał się, popatrzył na Maxa, uśmiechając się psim uśmiechem, i wyciągnął ku niemu oskarżycielski palec. Powoli rysy twarzy kamiennego anioła zaczęły się przeistaczać w znajome oblicze klowna, za którym skrywał się doktor Kain. Max zdołał dojrzeć pałającą w jego spojrzeniu wściekłość i nienawiść. Chciał rzucić się ku furtce, ale nogi odmówiły mu posłuszeństwa. Po chwili zjawa rozwiała się w półmroku, ale Max stał jeszcze przez jakiś czas kompletnie sparaliżowany.

Złapawszy wreszcie oddech, pobiegł ile sił w nogach do bramy cmentarza, nie oglądając się za siebie. Skoczył na rower i pedałował jak szalony, póki nie uznał, że od murów cmentarza dzieli go już spora odległość. Pedałowanie pomogło mu powoli odzyskać kontrolę nad nerwami. Zrozumiał, że padł ofiarą jakiejś sztuczki, makabrycznej manipulacji swymi własnymi lękami. Mimo to nawet przez myśl mu nie przeszło, by zawrócić i poszukać zegarka. Uspokoiwszy się, ruszył w stronę zatoczki. Tym razem jednak nie po to, by spotkać się z Alicją i Rolandem, ale po to, by odnaleźć starego latarnika, któremu chciał koniecznie zadać parę pytań.

* * *

Latarnik wysłuchał z ogromną uwagą relacji o tym, co się wydarzyło na cmentarzu. Gdy Max skończył opowieść, pokiwał głową i wskazał chłopcu miejsce obok siebie.

– Mogę być z panem szczery? – zapytał Max.

– Mam nadzieję, że właśnie tak będzie – odparł Víctor Kray. – Mów śmiało.

– Wydaje mi się, że wczoraj nie powiedział nam pan wszystkiego. Tylko niech mnie pan nie pyta, skąd to przekonanie. Tak mi się wydaje i już – zaczął Max.

Twarz latarnika nie zdradziła żadnych emocji.

– I co ci się jeszcze wydaje, Max? – zapytał.

– Wydaje mi się, że ten cały doktor Kain, czy jak mu tam, coś szykuje i nie każe nam długo czekać – ciągnął chłopiec. – I że wszystko, czego jesteśmy świadkami w tych dniach, to tylko zapowiedź tego, co ma nadejść.

– Tego, co ma nadejść – powtórzył latarnik. – Ciekawy sposób wyrażania, Maksie.

– Proszę pana – zakonkludował Max. – Przed chwilą śmiertelnie się przeraziłem. Od kilku dni dzieją się bardzo dziwne rzeczy i jestem pewien, że mojej rodzinie, panu, Rolandowi i mnie grozi jakieś niebezpieczeństwo. Nie zniosę więcej tajemnic.

– To lubię. Prosto z mostu i zdecydowanie – uśmiechnął się trochę wymuszenie Víctor Kray. – Posłuchaj, chłopcze, jeśli wczoraj opowiedziałem wam historię doktora Kaina, to nie po to, by was zabawić czy też żeby powspominać stare dzieje. Zrobiłem to, żebyście wiedzieli, co się wokół was dzieje, i trzymali się na baczności. Ty od paru dni jesteś przejęty, a ja, od dwudziestu pięciu lat żyjąc w tej latarni morskiej, mam jeden cel: pilnować tego potwora. To jedyny sens mego życia. Też będę z tobą szczery. Nie wyrzucę za burtę dwudziestu pięciu lat tylko dlatego, że jakiś dopiero co przybyły chłopak chce bawić się w detektywa. Może nie powinienem wam nic mówić. Może lepiej będzie, jak zapomnisz o wszystkim, co ci powiedziałem, dasz sobie spokój z posągami i zostawisz w spokoju mojego wnuka.

Max chciał zaprotestować, ale latarnik uniósł dłoń, nakazując mu milczenie.

– Opowiedziałem wam o wiele za dużo. Nie musicie aż tyle wiedzieć – zawyrokował. – Ostrożnie, Max, nie przeciągaj struny. Zapomnij o Jacobie Fleischmannie i jak najszybciej, dziś jeszcze, spal filmy. To najlepsza rada, jaką ci mogę dać. I już cię tu nie ma, młody człowieku.

* * *

Víctor Kray patrzył, jak Max oddala się w dół drogi na swoim rowerze. Nie szczędził chłopcu twardych i niesprawiedliwych słów, ale w głębi ducha naprawdę wierzył, że było to najrozsądniejsze. Chłopak był inteligentny i nie dawał się oszukać. Domyślał się, że latarnik coś przed nimi ukrywa, ale same domysły nie wystarczały, żeby pojąć charakter i wagę sekretu. Wydarzenia nabierały tempa i po ćwierćwieczu wszystkie obawy i trwoga przed powrotem doktora urzeczywistniały się właśnie teraz, u kresu jego życia, kiedy czuł się już bardzo słaby i osamotniony.

Latarnik usiłował odsunąć gorzkie wspomnienia życia w cieniu tej złowrogiej postaci, od brudnego przedmieścia, w którym się wychował, po uwięzienie w latarni morskiej. Książę Mgły odebrał mu najlepszego przyjaciela z dzieciństwa, jedyną kobietę, którą kochał, wreszcie okradł go z każdej minuty jego dojrzałego życia, jego samego przemieniając w swój cień. Podczas niekończących się nocy w latarni Kray myślał nieraz, jak wyglądałoby jego życie, gdyby los nie postawił na jego drodze potężnego maga. Teraz już wiedział, że wspomnienia z ostatnich lat byłyby jedynie fantazjami z życiorysu, którego nigdy nie przeżył.

Jedyną nadzieję pokładał teraz w Rolandzie i w złożonej sobie niezłomnej przysiędze, że przyszłość, którą zgotuje chłopcu, będzie jak najdalsza od tego koszmaru. Czasu było coraz mniej i sił zaczynało mu już brakować. Za dwa dni miało minąć dokładnie dwadzieścia pięć lat od nocy, podczas której zatonął „Orfeusz", a Víctor Kray czuł, że Kain odzyskuje moc z każdą mijającą minutą.

Stary latarnik podszedł do okna i przyjrzał się ciemnej sylwetce kadłuba „Orfeusza" zanurzonego w błękitnych wodach zatoki. Wiedział, że jeszcze kilka godzin światła słonecznego, a później przyjdzie zmierzch i zacznie się jego ostatnia być może nocna wachta w latarni morskiej.

* * *

Kiedy Max wszedł do domu, liścik Alicji wciąż leżał na stole w jadalni, co wskazywało, że siostra jeszcze nie wróciła i nadal przebywa w towarzystwie Rolanda. Pustka w domu spotęgowała jego uczucie osamotnienia. W głowie rozbrzmiewały mu wciąż słowa starego latarnika. I choć zabolał go sposób, w jaki potraktował go dziadek Rolanda, nie czuł do niego żalu. Był przekonany, że tamten coś ukrywa; ale zarazem nie opuszczała go pewność, iż jeśli latarnik pozwalał sobie na takie zachowanie, to znaczyło, że miał ku temu powody. Poszedł do swego pokoju i położył się na łóżku. Miał wrażenie, że sprawa zdecydowanie go przerasta, i choć widział poszczególne elementy tajemnicy, nie czuł się na siłach, by je ze sobą połączyć.

Być może powinien iść za radą Victora Kraya i o wszystkim zapomnieć, choćby nawet na kilka godzin.

Spojrzał na nocny stolik i zobaczył, że książka o Koperniku, mimo kilkudniowego zapomnienia, wciąż tam leży, niczym antidotum racjonalności na wszystkie pojawiające się ostatnio zagadki. Otworzył ją na stronie, na której przerwał lekturę, i spróbował skupić się na wywodzie o obrotach ciał niebieskich. Przypuszczalnie wsparcie i pomoc Kopernika pewnie bardzo by się przydały, by rozwikłać nurtującą Maxa tajemnicę. Ale nie ulegało wątpliwości, że kolejny raz Kopernik wybrał niewłaściwą porę na spędzenie swych wakacji gdzieś na świecie. W nieskończonym wszechświecie było zbyt wiele rzeczy, których ludzki rozum nie ogarniał.

Rozdział trzynasty

Kilka godzin później, kiedy Max był już po kolacji i do końca książki pozostało mu tylko dziesięć stron, od lektury oderwał go odgłos rowerów wjeżdżających do ogrodu za domem. Potem słyszał Rolanda i Alicję, szepczących coś na ganku przez prawie godzinę. Około północy odłożył książkę na nocny stolik i zgasił lampę. W końcu usłyszał, jak Roland odjeżdża na swoim rowerze skrajem plaży, a Alicja wchodzi na górę po schodach. Kroki siostry umilkły na chwilę pod drzwiami jego sypialni. Chwilę później Alicja poszła do siebie. Zostawiła na drewnianej podłodze kapcie i położyła się do łóżka. Przed oczyma stanął mu obraz Rolanda całującego Alicję na plaży. Uśmiechnął się w ciemnościach do swoich myśli. Ten jeden jedyny raz mógł być pewien, że siostrze będzie o wiele trudniej zasnąć niż jemu.

* * *

Następnego ranka Max postanowił zerwać się z łóżka skoro świt i już o pierwszym brzasku pedałował w stronę miejscowej piekarni, z zamiarem zakupienia smakołyków na śniadanie. Wiedział, że tylko w ten sposób uda mu się uniknąć posiłku przyrządzonego przez Alicję: byłby to najpewniej chleb posmarowany masłem i marmoladą, a do tego szklanka mleka. O świcie miasteczko tonęło w ciszy, która przypomniała Maxowi niedzielne poranki w jego rodzinnym mieście. Tylko z rzadka pojawienie się jakiegoś przechodnia przerywało ten narkotyczny letarg, w jakim pogrążone były ulice. Nawet domy, z okiennicami zamkniętymi na cztery spusty, wydawały się spać głębokim snem.

W oddali, za portowym kanałem, nieliczne kutry tworzące lokalną flotyllę wyruszały w głąb morza na połów, z którego powrócić miały dopiero o zmierzchu. Piekarz i jego córka, pulchna dziewczyna o różowych policzkach, ze trzy razy grubsza od Alicji, przywitali się z Maxem i napełniając jego pudełko dopiero co wyciągniętymi z pieca cukierniczymi pysznościami, dopytywali się o stan zdrowia Iriny. Wieść o jej wypadku rozniosła się po miasteczku lotem błyskawicy i Max pomyślał, że lekarz podczas swoich domowych wizyt nie tylko mierzył gorączkę i zaglądał do gardeł.

Kiedy Max dotarł z powrotem do domku przy plaży, przywiezione przez niego jeszcze parujące bułeczki kusiły smakowitym zapachem drożdżowego ciasta. Nie miał zegarka, więc nie był pewien, która godzina, przypuszczał jednak, że dochodzi ósma. Mając w perspektywie długie oczekiwanie, aż siostra się obudzi, postanowił uciec się do fortelu. Miał doskonały pretekst w postaci ciepłych jeszcze drożdżówek, więc rozłożył je na tacy, nalał mleka do szklanek, dołożył do tego kilka serwetek i tak wyekwipowany ruszył do sypialni Alicji. Zapukał kilkakrotnie do drzwi, aż odpowiedział mu niezrozumiały pomruk siostry.

– Serwis pokojowy – powiedział Max. – Mogę wejść?

Popchnął drzwi i wszedł do środka. Alicja nakryła głowę poduszką. Max rozejrzał się po pokoju, obrzucił przelotnym spojrzeniem porozwieszane na krzesłach części garderoby i całą galerię osobistych rzeczy siostry. Kobiece pokoje zawsze były dla niego intrygującą tajemnicą.

– Liczę do pięciu – ostrzegł. – Potem zaczynam jeść śniadanie.

Alicja, zwabiona słodkim aromatem, wyjrzała spod poduszki.

* * *

Roland czekał na nich na plaży, przy samym brzegu; miał na sobie stare spodnie z uciętymi nogawkami, które służyły mu również za kostium kąpielowy. Obok niego stała niewielka łódka, długości pewnie niespełna trzech metrów. Wygląda tak, jakby przynajmniej przez trzydzieści lat stała zacumowana na plaży w pełnym

słońcu – jej deski przybrały nieokreślony szarawy od-
cień i nieliczne łaty niebieskiej farby, które nie zdążyły
się jeszcze złuszczyć, nie mogły go zakamuflować. Mimo
wszystko Roland wydawał się niezwykle dumny ze swojej łajby, jakby był to co najmniej luksusowy jacht. I kiedy Max omijał wraz z siostrą leżące na plaży kamienie,
idąc w stronę brzegu, zauważył, że Roland wymalował
na dziobie nazwę – „Orfeusz II". Farba wyglądała na zupełnie świeżą.

– Od kiedy to masz? – spytała Alicja, wskazując na
rachityczną łódeczkę, na którą Max zdążył już załado-
wać sprzęt do nurkowania i dwa kosze o tajemniczej za-
wartości.

– Od trzech godzin. Jeden z miejscowych rybaków
miał zamiar porąbać ją na opał, ale przekonałem go, by
mi ją podarował w zamian za przysługę – wyjaśnił Roland.

– Przysługę? – zdziwił się Max. – To raczej ty wy-
świadczyłeś mu przysługę.

– Możesz zostać na lądzie, jeśli wolisz – odparł Roland
ironicznym tonem. – Cała załoga na pokład!

Może i słowo „pokład" było użyte trochę na wyrost
w odniesieniu do tej łódeczki, Max musiał jednak przyznać, że jego przewidywania natychmiastowej katastrofy wcale się nie sprawdziły. Wręcz przeciwnie, łódka pru-
ła fale, posłuszna każdemu ruchowi ramion energicznie
wiosłującego Rolanda.

– Wziąłem ze sobą coś, co na pewno wam się spodoba.

Max spojrzał na zamknięte kosze i odsunął nieco pokrywę jednego z nich.

– Co to jest? – zapytał zdziwiony.

– Podwodne okno – odpowiedział Roland. – Tak naprawdę to zwykła skrzynka o szklanym dnie. Jeśli ustawisz ją na powierzchni, możesz zobaczyć dno, nie zanurzając się. Zupełnie jak przez okno.

Max spojrzał w stronę Alicji.

– Przynajmniej coś zobaczysz – powiedział złośliwie.

– A kto ci powiedział, że zostaję na powierzchni? Dzisiaj moja kolej – odparła Alicja.

– Kolej na co? Przecież nie umiesz nurkować! – nie ustępował Max, próbując wyprowadzić siostrę z równowagi.

– Jeśli to, co zrobiłeś ostatnio, nazywasz nurkowaniem, to rzeczywiście nie potrafię nurkować – Alicja nie pozostawała dłużna bratu.

Roland wiosłował w milczeniu. Nie chciał dolewać oliwy do ognia. Zatrzymał łódź jakieś czterdzieści metrów od brzegu. Pod nimi cień wraku „Orfeusza” złowrogo drzemał na dnie niczym rekin czyhający na swą zdobycz.

Roland otworzył jeden z koszy i wyjął z niego zardzewiałą kotwicę przywiązaną do grubej wprawdzie, ale mocno przetartej liny. Patrząc na ten żeglarski osprzęt, jakby z jakiegoś muzeum morza, Max domyślił się, iż Roland wynegocjował owe akcesoria razem z rozklekotaną łódką, którą ocalił od godnego skądinąd końca.

– Uwaga, będzie pryskać! – ostrzegł Roland, rzucając do wody kotwicę, która otoczona chmurą bąbelków poszła na dno jak kamień, pociągając za sobą piętnaście metrów liny.

Roland pozwolił dryfować łódce kilka metrów, potem zaknagował linę na dziobie. Łódź zakołysała się łagodnie z podmuchem wiatru, lina napięła się, a konstrukcja łodzi zaskrzypiała przeraźliwie. Max popatrzył podejrzliwie na poszycie kadłuba.

– Nie bój się, Max, nie zatonie. Zaufaj mi – przekonywał Roland, wyciągając z kosza podwodne okno i kładąc je na powierzchni wody.

– To samo mówił kapitan „Titanica", odbijając od brzegu – sceptycznie stwierdził Max.

Alicja schyliła się, by spojrzeć przez niecodzienny przyrząd, i po raz pierwszy jej oczom ukazał się spoczywający na dnie wrak „Orfeusza".

– To niewiarygodne – wykrzyknęła na widok sekretów podwodnego świata.

Roland uśmiechnął się z zadowoleniem i wręczył jej maskę do nurkowania oraz płetwy.

– Poczekaj, aż zobaczysz wszystko z bliska – powiedział, wkładając sprzęt do nurkowania.

Pierwsza wskoczyła do wody Alicja. Roland, siedząc na krawędzi łódki, posłał Maxowi uspokajające spojrzenie.

– Nie martw się. Będę na nią uważał. Nic się jej nie stanie, obiecuję – zapewnił.

Potem skoczył za Alicją, która czekała kilka metrów od łodzi. Oboje pomachali Maxowi i chwilę później zniknęli pod powierzchnią.

* * *

Roland wziął Alicję za rękę i poprowadził delikatnie ponad szczątkami „Orfeusza". Temperatura wody była nieco niższa niż ostatnim razem; im głębiej, tym woda była zimniejsza. Rolanda specjalnie to nie zdziwiło; od czasu do czasu z początkiem lata docierały tu zimne prądy, odczuwalne zwłaszcza na głębokości sześciu, siedmiu metrów. W tej sytuacji Roland zdecydował, że nie będą z Alicją ani Maxem nurkować do samego wraku „Orfeusza". Tego lata mieli mieć jeszcze wiele okazji, by to zrobić.

Alicja i Roland popłynęli wzdłuż zatopionego statku. Od czasu do czasu wynurzali się, by zaczerpnąć powietrza, po czym znów wracali pod powierzchnię, aby jeszcze raz spojrzeć na spoczywający na dnie w widmowym półmroku wrak. Roland nie spuszczał Alicji z oka; widział, że jest podekscytowana tym podwodnym widowiskiem. Był świadom, że tylko schodząc pod wodę samotnie, można w pełni zaznać przyjemności płynącej z nurkowania.

Kiedy pływał z kimś, zwłaszcza z nowicjuszami jak jego nowi przyjaciele, chcąc nie chcąc, wchodził w rolę podwodnej niańki. Tym razem jednak odczuwał szczególną przyjemność, mogąc wprowadzić Alicję i jej brata do tego magicznego świata, który przez lata należał tylko do niego. Czuł się jak przewodnik po zaklętym muzeum, jak ktoś, kto prowadzi wycieczkę na zapierający dech w piersiach spacer po zatopionej katedrze.

Podwodna perspektywa miała też i inne dobre strony. Roland przyglądał się z upodobaniem ciału Alicji, obserwował, jak z każdym pływackim ruchem napinają się mięśnie jej klatki piersiowej i ud, a skóra przybiera ton niebieskawej bladości. Czuł się o wiele swobodniej, patrząc na nią teraz, kiedy nie zdawała sobie sprawy z jego nerwowych spojrzeń. Wynurzyli się raz jeszcze, by nabrać powietrza, i stwierdzili, że łódka, z nieruchomą sylwetką Maxa na pokładzie, znajdowała się teraz w odległości ponad dwudziestu metrów. Alicja uśmiechnęła się zachwycona. Roland odpowiedział jej uśmiechem, ale w głębi serca pomyślał, że lepiej będzie wrócić do łodzi.

– Możemy zejść do wraku i wpłynąć do środka? – spytała Alicja, z trudem łapiąc oddech.

Roland zauważył gęsią skórkę na ramionach i nogach dziewczyny.

– Dziś nie – odparł. – Wracamy do łódki.

Alicja przestała się uśmiechać. Wyczuła, że coś zaniepokoiło Rolanda.

– Coś się stało?

Roland uśmiechnął się uspokajająco i pokręcił głową. Nie chciał w tej chwili rozmawiać o zimnych morskich prądach. W tym samym momencie, kiedy Alicja zaczęła płynąć w kierunku łódki, poczuł, że serce mu zamiera.

Na dnie zatoki pojawił się niepokojący cień. Alicja odwróciła się i spojrzała na Rolanda, który dał jej znak, by płynęła dalej, nie czekając na niego. Sam Roland zanurzył się, by sprawdzić, skąd ów cień pochodzi.

Coś kształtem przypominającego wielką czarną rybę krążyło wokół kadłuba „Orfeusza". Przez chwilę Roland myślał, że może to rekin, ale szybko zrozumiał, że jest w błędzie. Płynął nadal za Alicją, nie odrywając wzroku od tego dziwnego kształtu, który zdawał się podążać za nimi. Tajemniczy cień wił się jak wąż, unikając światła, jakby ukrywał się w cieniu kadłuba „Orfeusza". Roland mógł dostrzec jedynie wydłużone wężowe ciało i spowijające je blade, migotliwe światło. Uniósł głowę i stwierdził, że od łódki dzieli ich jeszcze dobrych kilkanaście metrów. Cień pod nimi nagle się zatrzymał, po czym wyraźnie zaczął się unosić.

Błagając w duchu, by Alicja nie dostrzegła dziwnej sylwetki, Roland dopłynął do dziewczyny, chwycił ją za ramię i pociągnął za sobą w stronę łódki. Alicja, nie rozumiejąc, o co chodzi, wystraszyła się.

– Do łódki! Szybko! – krzyknął Roland.

Alicja nie rozumiała, co się dzieje, ale ponieważ na twarzy Rolanda malował się paniczny strach, o nic nie pytając, posłusznie wykonała jego polecenie. Krzyki Rolanda zaalarmowały Maxa, który odwróciwszy się, ujrzał, jak przyjaciel i siostra starają się jak najszybciej do niego dopłynąć. W chwilę później zobaczył mroczny cień sunący ku powierzchni wody.

– Mój Boże! – wyszeptał.

Roland popychał Alicję, dopóki nie zobaczył, że dotknęła łódki. Max rzucił się, by pomóc siostrze wdrapać się do środka. Alicja, uderzając mocno płetwami, zdołała się wydostać, padając na Maxa. Roland nabrał powietrza w płuca, by też pójść jej śladem. Max wyciągnął do niego rękę, ale Roland zawahał się, spostrzegłszy w oczach chłopca przerażenie. Mógł się tylko domyślać, że za jego plecami dzieje się coś strasznego. Poczuł, jak jego dłoń wyślizguje się z rąk Maxa, i ogarnęło go przeczucie, że nie wydostanie się z wody żywy. Wokół jego nóg zacisnął się lodowaty uścisk i jakaś nadludzka siła pociągnęła go w morską otchłań.

* * *

Przezwyciężywszy początkową panikę, Roland otworzył oczy, by sprawdzić, co ciągnie go w ciemną toń. W pierwszej chwili zdawało mu się, że ulega przywidzeniu, bo wbrew swoim oczekiwaniom ujrzał coś, co nie miało określonego kształtu, a było raczej rozlewającą się postacią uformowaną z cieczy o dużej gęstości. Roland patrzył na tę płynną rzeźbę, na to widziadło nieustannie zmieniające swój kształt. Spróbował wyswobodzić się ze śmiertelnego ucisku.

Podwodna mara obróciła się i widmowe oblicze, twarz klowna, nawiedzająca go w sennych koszmarach, spojrzała mu w oczy. Klown rozwarł swoje ogromne szczęki pełne długich i ostrych jak rzeźnickie noże kłów, a jego oczy zrobiły się wielkie jak spodki. Przerażenie sparaliżowało Rolanda. Stwór, czymkolwiek był, mógł dowolnie zmieniać kształt i nie krył się ze swoimi zamiarami. Chciał wciągnąć Rolanda do zatopionego statku. Podczas gdy Roland zastanawiał się, jak długo jeszcze wytrzyma bez powietrza, zanim się podda i zachłyśnie wodą, zauważył, że nagle naokoło zrobiło się ciemno. Znajdował się we wnętrzu „Orfeusza" i otaczał go nieprzenikniony mrok.

* * *

Max zacisnął wargi i dopasował maskę, by skoczyć na ratunek przyjacielowi. Dobrze wiedział, że pomysł jest absurdalny. Przede wszystkim bardzo słabo nurkował. Ale nawet gdyby był świetnym pływakiem, sama myśl o tym, że owa dziwna płynna masa, która wciągnęła Rolanda, mogłaby i jego porwać, napełniała go przerażeniem. Nie mógł jednak siedzieć spokojnie, z założonymi rękami, i pozwalać przyjacielowi ginąć. Gdy zakładał płetwy, przez głowę przebiegało mu tysiące racjonalnych wyjaśnień tego, co się przed chwilą stało: Rolanda złapał skurcz; skok temperatury w wodzie spowodował atak... Wolał szukać jakichkolwiek wytłumaczeń niż przyznać, że to, co pociągnęło Rolanda na dno, istnieje naprawdę.

Zanim wskoczył do wody, spojrzał na Alicję. Z jej twarzy wyczytał jasno, że siostra toczy ze sobą dramatyczną walkę. Chęć uratowania Rolanda zmagała się ze strachem przed tym, że brata może spotkać ten sam los. Nie czekając, aż zdrowy rozsądek weźmie górę nad emocjami, Max skoczył i zanurzył się w wody zatoki. Zobaczył pod sobą część kadłuba „Orfeusza". Popłynął w stronę dzioba statku, tam, gdzie widział Rolanda po raz ostatni. Zdało mu się, że poprzez pęknięcia w zatopionym kadłubie dostrzega drżące światła, jakby skupione w bladej łunie emanującej ze szczeliny rozdartej w burcie przez skały dwadzieścia pięć lat temu. Popłynął w stronę światła. Wrak „Orfeusza" wyglądał tak, jakby ktoś zapalił w ładowniach setki świec.

Kiedy znalazł się nad kadłubem, dokładnie nad miejscem umożliwiającym wejście do środka statku, wypłynął na powierzchnię, by zaczerpnąć powietrza, po czym zanurzył się ponownie i zszedł aż do samego kadłuba, nie zatrzymując się ani razu. Pokonanie owych dziesięciu metrów okazało się o wiele trudniejsze, niż sądził. Już w połowie drogi zaczął odczuwać ból w uszach. Przestraszył się, że od wzrastającego ciśnienia wody popękają mu bębenki. Kiedy dotarł do zimnego prądu, poczuł, jak wszystkie mięśnie napinają mu się niby struny. Energicznie zaczął pracować płetwami, by prąd nie porwał go jak piórko. Z całej siły złapał się krawędzi burty i próbował jakoś uspokoić. Płuca paliły go. Zdawał sobie sprawę, że lada chwila może ulec panice. Spojrzał w górę i dostrzegł majaczący przeraźliwie daleko malusieńki cień łódki. Zrozumiał, że jeśli nie przystąpi natychmiast do działania, cały dotychczasowy trud pójdzie na marne.

Jasność zdawała się sączyć z wnętrza ładowni. Max podążył tą świetlistą smugą, która wydobywała z ciemności widmowy teatr morskiej katastrofy i całą makabryczność owych podwodnych katakumb. Popłynął korytarzem, w którym strzępy żaglowego płótna unosiły się niczym meduzy. Na końcu korytarza dostrzegł niedomknięte drzwi, za którymi, jak mu się zdawało, kryło się źródło owego światła. Znosząc obrzydliwe dotknięcia przegniłego płótna, chwycił klamkę i resztką sił pociągnął drzwi.

Prowadziły do jednej z głównych ładowni. W środku pomieszczenia Roland walczył, by uwolnić się z uścisku owego wodnego stwora, który przybrał teraz postać klowna z ogrodu posągów. Światło, które przywiodło tu Maxa, biło z oczu klowna, okrutnych i nienaturalnie wielkich. Gdy Max wpłynął do ładowni, stwór uniósł głowę i spojrzał na niego. Chłopak odczuł instynktowną chęć ucieczki, ale widok uwięzionego przyjaciela sprawił, że musiał zmierzyć się z tym spojrzeniem pełnym obłąkańczej nienawiści. Stwór znów się przeobraził, przyjmując nową twarz, w której Max rozpoznał kamiennego anioła z miejscowego cmentarza.

Roland przestał się szarpać i jego ciało zwisło bezwładnie. Stwór puścił je. Max popłynął w stronę przyjaciela i chwycił go za ramiona. Roland był nieprzytomny. Max zrozumiał, że jeśli natychmiast nie wyciągnie go na powierzchnię, nie zdoła go już uratować. Szarpnął bezwładne ciało w stronę drzwi. W tym momencie stwór, o ciele anioła i twarzy klowna z wystającymi kłami, rzucił się na Maxa, pokazując ostre szpony. Max wymierzył cios. Jego pięść przeszła przez twarz klowna. Była to tylko woda, tak zimna, że dotknięcie jej wywoływało piekący ból. Raz jeszcze doktor Kain demonstrował swoje magiczne sztuczki.

Max opuścił ramię i widmo rozpłynęło się, a wraz z nim zniknęło światło. Powstrzymując resztki powietrza w płucach, Max powlókł Rolanda przez korytarz i wydostał ze statku. Gdy byli już na zewnątrz, poczuł, że jeszcze chwila, a rozsadzi mu płuca. Nie wytrzyma ani sekundy dłużej. Wypuścił całe powietrze. Mocniej chwycił bezwładne ciało Rolanda i bijąc mocno płetwami, popłynął w górę, bojąc się, że w każdej chwili też może stracić przytomność.

Te ostatnie dziesięć metrów wynurzania było niekończącą się agonią. Kiedy wreszcie wypłynął na powierzchnię, poczuł się, jakby darowano mu życie. Alicja wskoczyła do wody i popłynęła mu pomóc. Max zaczął gwałtownie łykać powietrze, starając się przezwyciężyć kłujący ból w piersiach. Wciągnięcie Rolanda do łódki stanowiło nie lada problem. Max kątem oka zauważył, że Alicja, zmagając się z ciężarem bezwładnego ciała, poharatała sobie skórę na rękach o poniszczone drewno łódki.

Gdy wreszcie wciągnęli Rolanda do łodzi, ułożyli go na brzuchu i zaczęli rytmicznie naciskać jego plecy, tak by wyleciała z niego połknięta woda. Alicja zlana potem, z krwawiącymi rękami, próbowała przywrócić mu oddech. W końcu zaczerpnęła głęboko powietrza i zatkawszy chłopcu nos, energicznie wdmuchnęła je w jego usta. Powtarzała tę czynność pięciokrotnie; wreszcie ciało Rolanda wzdrygnęło się gwałtownie. Chłopiec zaczął pluć wodą. Wstrząsały nim drgawki. Max trzymał go z całych sił.

W końcu Roland otworzył oczy, a jego żółtawa dotąd twarz zaczęła powoli odzyskiwać naturalny kolor. Max pomógł mu usiąść. Chłopcu powoli wracał normalny rytm oddechu.

– Nic mi nie jest – wybełkotał, unosząc rękę w uspokajającym geście.

Alicja zasłoniła twarz i wybuchnęła płaczem. Max nigdy nie słyszał siostry tak przeraźliwie szlochającej. Odczekał chwilę i dopiero, gdy uznał, że Roland może siedzieć o własnych siłach, chwycił wiosła i skierował łódkę w stronę brzegu. Roland przyglądał mu się w milczeniu. Max uratował mu życie. Sam Max był przekonany, że ów przejmujący i pełen wdzięczności wzrok będzie mu towarzyszyć na zawsze.

* * *

Alicja z Maxem położyli Rolanda na łóżku w jego chatce i przykryli kocami. Żadne z nich nie czuło ochoty, by rozmawiać o tym, co się stało, przynajmniej na razie. Po raz pierwszy groźna obecność Księcia Mgły stała się tak boleśnie namacalna i trudno im było znaleźć słowa zdolne wyrazić odczuwany w owej chwili niepokój. Rozsądek podpowiadał im, że najlepiej skupić się na tym, co najpilniejsze. I tak też zrobili. W chatce Rolanda znaleźli małą apteczkę i Max zdezynfekował rany Alicji. Roland zasnął niemal natychmiast. Alicja patrzyła na niego, a jej twarz wykrzywiał grymas bólu.

– Nic mu nie będzie. Jest wyczerpany, i tyle – zapewnił ją Max.

Alicja spojrzała na brata.

– A ty? Uratowałeś mu życie – powiedziała łamiącym się głosem, który zdradzał, jak bardzo jest zdenerwowana. – Mało kto byłby zdolny do czegoś takiego.

– On zrobiłby dla mnie to samo – rzekł Max, nie bardzo chcąc ciągnąć ten temat.

– Jak się czujesz? – dopytywała się siostra.

– Chcesz znać prawdę? – spytał Max.

Alicja przytaknęła.

– Zbiera mi się na wymioty – uśmiechnął się. – W życiu nie czułem się tak okropnie.

Alicja uściskała brata. Max zamarł, nie bardzo wiedząc, czy ma do czynienia z eksplozją siostrzanej czułości, czy raczej przerażenia, jakiego doznała Alicja wcześniej, kiedy reanimowali Rolanda.

– Kocham cię, Max – wyszeptała mu do ucha. – Słyszałeś?

Max nie odpowiedział, skonsternowany. Alicja wypuściła go z objęć i odwróciwszy się do niego plecami, stanęła w drzwiach chatki. Max zorientował się, że siostra płacze.

– Zawsze o tym pamiętaj, braciszku – wyszeptała. – A teraz prześpij się trochę. Ja spróbuję zrobić to samo.

– Jeśli zasnę teraz, nie wstanę już do rana – westchnął Max.

Pięć minut później wszyscy troje spali kamiennym snem w chatce na plaży i nic na świecie nie mogłoby ich obudzić.

Rozdział czternasty

Gdy zapadł zmierzch, Víctor Kray zatrzymał się sto metrów od domu przy plaży, wybranym przez Carverów na ich nową siedzibę. Był to ten sam dom, w którym Eva Gray, jedyna kobieta, którą rzeczywiście kochał, urodziła Jacoba Fleischmanna. Patrząc na białą fasadę willi, poczuł, iż w jego sercu otwierają się stare rany, które uznawał za zagojone na zawsze. W domu nie paliło się żadne światło, jakby nikogo nie było. Uznał, że dzieci Carverów są jeszcze z Rolandem w miasteczku.

Podszedł bliżej i przeszedł przez furtkę w otaczającym dom białym ogrodzeniu. W tak dobrze mu znanych drzwiach i oknach odbijały się ostatnie promienie słońca. Przez ogród skierował się w stronę tylnego podwórza i wyszedł na łąkę za domem. W dali widać było las, a na jego skraju ogród posągów. Dawno już tu nie zaglądał, więc ponownie się zatrzymał, pełen obaw przed tym, co kryje się na jego terenie, i przyjrzał mu się z dystansu. Spośród ciemnych prętów ogrodzenia wypełzała w kierunku domu gęsta mgła.

Víctor Kray poczuł się zalękniony i stary. Strach, który trawił mu duszę, był nieodmiennie tym samym lękiem, jakiego doświadczył dziesiątki lat temu w zaułkach przemysłowego przedmieścia, gdzie po raz pierwszy usłyszał głos Księcia Mgły. Teraz, gdy jego życie dobiegało kresu, wszystko zdawało się zataczać krąg i po tylu ruchach i zagrywkach stary latarnik czuł, że do ostatniego boju przystępuje bez żadnego już atutu.

Pewnym krokiem ruszył ku wejściu do ogrodu posągów. Mgła sunąca z wewnątrz szybko sięgnęła mu do pasa. Víctor Kray wsunął drżącą dłoń do kieszeni płaszcza i wyciągnął z niej stary rewolwer, z pełną premedytacją naładowany przed wyjściem z domu, oraz dużą latarkę. Trzymając broń przed sobą, wszedł na teren ogrodu, zapalił latarkę i poświecił w głąb. Snop światła wydobył z ciemności rzecz niespodziewaną. Víctor Kray opuścił rewolwer i przetarł oczy, sądząc, że padł ofiarą halucynacji. Coś było nie tak albo przynajmniej ujrzał nie to, co spodziewał się ujrzeć. Raz jeszcze przeczesał mgłę padającym z latarki snopem światła. To nie było złudzenie: ogród posągów był pusty.

Latarnik, zdezorientowany, podszedł bliżej przyjrzeć się nagim piedestałom. Gdy usiłował jakoś zebrać myśli, doszły go odgłosy kolejnej nadciągającej burzy. Uniósł wzrok i spojrzał ku niebu. Horyzont spowity był kłębowiskiem ciemnych i groźnych chmur, rozlewających się jak ogromna plama atramentu. Błyskawica przecięła niebo na pół i echo grzmotu dotarło do lądu niczym odgłos bębnów przed bitwą. Víctor Kray wsłuchał się w litanię burzy dobywającą się z głębi morza. I przypomniawszy sobie, że ten widok oglądał już z „Orfeusza", dwadzieścia pięć lat temu, zrozumiał, co się szykuje.

* * *

Max obudził się zlany zimnym potem i w pierwszej chwili nie bardzo wiedział, gdzie jest. Czuł, że serce wali mu jak młotem. Kilka metrów od siebie dostrzegł twarz Alicji leżącej obok Rolanda i przypomniał sobie, że są w chatce na plaży. Mógłby przysiąc, że zdrzemnął się zaledwie na kilka minut, chociaż w rzeczywistości przespał ponad godzinę. Wstał bezszelestnie i wyszedł na zewnątrz, by pooddychać głęboko świeżym powietrzem i odegnać obrazy męczącego koszmaru. Śniło mu się, że razem z Rolandem nie mogą się wydostać z wnętrza zatopionego „Orfeusza".

Fale przypływu zalewające bezludną plażę zniosły łódkę Rolanda w głąb morza. Tam niebawem miała zostać wydana na pastwę wpierw silnego prądu, później zaś bezmiernego oceanu. Max stanął na brzegu, nabrał w dłonie chłodnej wody i obmył sobie twarz i ramiona. Potem podszedł do cypelka tworzącego maleńką lagunę i usiadł pośród skał, z nogami w wodzie. Miał nadzieję, że jakoś odzyska spokój, którego nie mógł mu przynieść sen.

Intuicja podpowiadała mu, że za wydarzeniami ostatnich dni kryje się jakaś logika. Miał wrażenie czającego się niebezpieczeństwa. Rozważywszy zaś wszystko dokładnie, zauważył coraz intensywniejszą obecność doktora Kaina. Z każdą godziną stawała się wyraźniejsza. W oczach Maxa kolejne elementy stanowiły składniki złożonego mechanizmu, budowanego wokół ciemnej przeszłości Jacoba Fleischmanna: od enigmatycznych wizyt w ogrodzie posągów, oglądanych na starych filmach, do tego niewyrażalnego stwora, który dziś o mało nie pozbawił go życia.

Podsumowując wydarzenia dnia, Max zrozumiał, że żadną miarą nie mogą czekać z założonymi rękami na ponowne spotkanie z doktorem Kainem. Należało uprzedzić jego ruchy.

Nie budząc Alicji i Rolanda, Max wsiadł na rower i ruszył do domu. W oddali, nad linią widnokręgu ciemny punkt, który pojawił się nie wiadomo skąd, zaczął rozszerzać się niczym chmura zabójczego gazu. Nadciągała burza.

* * *

Znalazłszy się z powrotem w domu, Max nałożył rolkę z filmem na projektor. Jadąc rowerem, poczuł, że temperatura zaczyna wyraźnie spadać. Było coraz chłodniej, a wśród podmuchów szarpiącego okiennicami wiatru dało się słyszeć dalekie odgłosy burzy. Przed uruchomieniem projektora Max pobiegł do swego pokoju włożyć coś ciepłego. Stare drewno schodów skrzypiało pod jego nogami, jakby w strachu przed spodziewanym atakiem wiatru. Przebierając się, Max zauważył przez okno, że nadchodząca burza zaciąga niebo mrokiem, uprzedzając zmierzch o kilka godzin. Upewnił się, czy okno jest dobrze zamknięte, i zszedł, by włączyć projektor.

Obrazy raz jeszcze ożyły na ekranie ściany. Max skupił się na filmie. Kamera tym razem filmowała dobrze mu znane miejsca: korytarze domu przy plaży. Max rozpoznał wnętrze pokoju, w którym się właśnie znajdował, i oglądał film. Inne były co prawda i meble, i wystrój, a obiektyw kamery rejestrował widoczny na każdym kroku przepych. Obracał się powoli i najeżdżał na ściany i okna, jakby wpadając w pułapkę czasu, zaglądał do domu sprzed dziesięciu lat.

Po kilkuminutowej przechadzce po parterze film przenosił widza na piętro.

Znalazłszy się na górze, kamera zaczęła przybliżać się do ostatnich drzwi w korytarzu, prowadzących do pokoju, który przed wypadkiem zajmowała Irina. Drzwi otwierały się i kamera wchodziła do pogrążonej w mroku sypialni. W środku nie było nikogo. Kamera przystawała przed szafą w ścianie.

Przez parę sekund na filmie nic się nie działo. W pustym pokoju panował całkowity spokój. Nagle drzwi szafy otwierały się z impetem, raz i drugi odbijając się od ściany. Max wytężył wzrok, usiłując wypatrzeć, co kryje się w ciemnościach szafy, i zobaczył, jak wynurza się z nich dłoń w białej rękawiczce. Z dłoni zwisał na łańcuszku

175

błyszczący przedmiot. Max od razu domyślił się dalszego ciągu – z szafy wyłaniał się doktor Kain, uśmiechając się do kamery.

Max rozpoznał przedmiot trzymany przez Księcia Mgły: był to kieszonkowy zegarek, który otrzymał w prezencie od ojca, a potem zgubił w grobowcu Jacoba Fleischmanna. Teraz zegarek był w posiadaniu Maga, który jakimś cudem zdołał przenieść najcenniejszą dla Maxa rzecz w widmowy wymiar czarno-białych obrazów rzucanych przez stary projektor.

Obiektyw kamery zbliżył się do zegarka i Max mógł wyraźnie zobaczyć, że jego wskazówki cofają się coraz szybciej i szybciej, by w końcu zawirować tak prędko, że nie dało się ich rozróżnić. Niebawem cyferblat zaczął iskrzyć i dymić, by po chwili stanąć w płomieniach. Max przyglądał się tej scenie jak zahipnotyzowany, nie mogąc oderwać wzroku od płonącego zegarka. Chwilę później kamera robiła gwałtowny zwrot w stronę ściany i w obiektywie pojawiała się stara toaletka z lustrem. Kamera zbliżała się do niego i zatrzymywała, ukazując z całą ostrością odbitą w lustrze twarz filmującego.

Max przełknął ślinę. Wreszcie mógł ujrzeć twarz tego, kto nakręcił wszystkie filmy, wiele lat temu, w tym samym domu. Rozpoznał dziecięcą, roześmianą twarz kamerzysty. I choć był on znacznie młodszy, rysy jego twarzy i spojrzenie w niczym nie różniły się od tych, do których zdążył przywyknąć przez ostatnie dni. To był Roland.

Taśma zacięła się wewnątrz projektora i złapana przed soczewką klatka zaczęła powoli topić się na ekranie. Max wyłączył projektor i zacisnął z całej siły dłonie, by opanować drżenie rąk. Jacob Fleischmann i Roland to była jedna i ta sama osoba.

Flesz błyskawicy na sekundę zalał salon i Max zauważył, że za oknem ktoś puka w szybę i daje znaki, że chce wejść. Zapalił światło i rozpoznał przerażoną i trupio bladą twarz Victora Kraya, który wyglądał tak, jakby przed chwilą ujrzał zjawę. Max podszedł do drzwi i wpuścił starego latarnika. Mieli sobie wiele do powiedzenia.

Rozdział piętnasty

Max podał gościowi filiżankę gorącej herbaty i pozwolił mu się nieco ogrzać. Víctor Kray cały dygotał, a Max nie wiedział, czy to z powodu zimnego wiatru zwiastującego burzę, czy też przerażenia, którego latarnik nie potrafił już ukryć.

– Co pan tu robi? – zapytał Max.

– Byłem w ogrodzie posągów – odpowiedział dziadek Rolanda, odzyskawszy nieco spokój.

Uniósł parującą filiżankę, wypił łyk herbaty i odstawił ją na stół.

– Gdzie jest Roland? – zapytał z niepokojem.

– A po co panu ta informacja? – odparł Max tonem pełnym nieufności, jaką teraz, po tym, czego się przed chwilą dowiedział, budził w nim ten stary człowiek.

Latarnik zdawał się wyczuwać jego niechęć. Zaczął mówić, gestykulując żywo, jakby chciał wyjaśnić coś, na co nie potrafił znaleźć słów.

– Max, tej nocy stanie się coś strasznego. Musimy temu zapobiec – wydusił wreszcie, świadom, że jego słowa nie brzmią zbyt przekonywająco. – Muszę wiedzieć, gdzie jest Roland. Jego życiu grozi niebezpieczeństwo.

Max nie odpowiedział. Wpatrywał się badawczo w twarz latarnika. Nie wierzył w jego błagalny wzrok ani w żadne wypowiedziane przezeń słowo.

– Czyjemu życiu, panie Kray? Rolanda czy Jacoba Fleischmanna? – odezwał się wreszcie, czekając na reakcję latarnika.

Víctor Kray wytrzeszczył oczy i westchnął załamany.

– Chyba cię nie rozumiem, Maksie – szepnął.

– A ja myślę, że świetnie mnie pan rozumie. Wiem, że mnie pan okłamał – powiedział Max, wbijając oskarżycielski wzrok w twarz swojego rozmówcy. – I wiem, kim naprawdę jest Roland. Od samego początku nas pan oszukiwał. Dlaczego?

Víctor Kray wstał, podszedł do okna i wyjrzał przez nie, jakby oczekiwał czyjejś wizyty. Dom przy plaży zadrżał w posadach od kolejnego pioruna. Burza była coraz bliżej wybrzeża i Max mógł usłyszeć narastający huk fal.

– Powiedz mi, gdzie jest Roland – nalegał latarnik, cały czas wyglądając przez okno. – Nie mamy czasu do stracenia.

– Nie jestem pewien, czy rzeczywiście mogę panu zaufać. Jeśli mam panu pomóc, musi mi pan powie-

180

dzieć wszystko – zażądał Max, który tym razem nie miał zamiaru pozwolić, by latarnik zbył go byle pół-prawdami.

Stary człowiek odwrócił się od okna i popatrzył groźnie na Maxa. Chłopiec wytrzymał to spojrzenie, dając do zrozumienia, że nie boi się latarnika. Víctor Kray uświadomił to sobie i zdruzgotany opadł na fotel.

– Niech będzie. Powiem ci prawdę, jeśli rzeczywiście tego chcesz – wyszeptał.

Max usiadł naprzeciwko i kiwnął głową na znak, że gotów jest wysłuchać kolejnej opowieści.

– Niemal wszystko, co opowiedziałem wam wtedy w latarni, jest prawdą – zaczął dziadek Rolanda. – Mój dawny przyjaciel Fleischmann przyrzekł doktorowi Kainowi swojego pierworodnego w zamian za miłość Evy Gray. Rok po ślubie, kiedy straciłem już z nimi wszelki kontakt, doktor Kain zaczął nękać Fleischmanna wizytami, przypominając istotę zawartego paktu. Fleischmann starał się za wszelką cenę nie dopuścić, by to dziecko przyszło na świat, doprowadzając swoje małżeństwo do katastrofy. Po zatonięciu „Orfeusza" czułem, że muszę do nich napisać i uwolnić ich od klątwy, która przez lata ich unieszczęśliwiała. Sądziłem, że doktor Kain i jego groźby spoczęły raz na zawsze na dnie morza. W każdym razie byłem na tyle nierozsądny, że potrafiłem o tym sam siebie przekonać. Fleischmann miał wyrzuty sumienia, uważał, iż ma wobec mnie dług do spłacenia, i chciał, żebyśmy znowu byli razem, Eva, on i ja, jak za naszych studenckich lat. Był to absurd, rzecz jasna. Zbyt wiele rzeczy się wydarzyło. Mimo to, ulegając kaprysowi, kazał postawić dom przy plaży, pod którego dachem zaraz po ukończeniu budowy miał się urodzić jego syn Jacob. Dziecko było darem niebios przywracającym rodzicom radość życia. Tak się w każdym razie wydawało, bo już w noc jego narodzin poczułem, że coś jest nie tak. O świcie znowu przyśnił mi się doktor Kain. Gdy dziecko dorastało, Fleischmann i Eva byli tak zaślepieni radością, że nie domyślali się grożącego im niebezpieczeństwa. Oboje starali się wyłącznie uszczęśliwić dziecko i zaspokoić każdy jego kaprys. Nie było nigdy na ziemi dziecka tak rozpieszczonego jak Jacob Fleischmann. Ale stopniowo oznaki obecności Kaina stawały się coraz bardziej widoczne. Gdy Jacob miał pięć lat, pewnego dnia zgubił się podczas zabawy na tylnym podwórzu. Fleischmann i Eva szukali go przez kilka godzin, ale nigdzie nie mogli trafić na jego ślad. Gdy zapadł zmierzch, Fleischmann wziął latarkę i ruszył do lasu, obawiając się, że malec mógł tam zabłądzić i coś mu się stało. Pamiętał, że kiedy sześć lat wcześniej budowali dom, na skraju lasu znajdował się mały wydzielony pusty teren, na którym ponoć lata temu stała psiarnia wyburzona z początkiem wieku. Trzymano tam zwierzęta przeznaczone na zabicie. Intuicja podpowiadała Fleischmannowi, że może dziecko tam weszło i nie może się wydostać. Do pewnego stopnia miał rację, ale odnalazł tam nie tylko swego syna.

Teren ów, niegdyś całkowicie zapuszczony, teraz zapełniony był posągami. Kiedy ojciec odnalazł tam Jacoba, chłopiec bawił się między rzeźbami. Parę dni później Fleischmann odwiedził mnie w latarni i wszystko opowiedział. Kazał mi przysiąc, że jeśli spotka go coś złego, ja zajmę się dzieckiem. Ale to był dopiero początek. Fleischmann ukrywał przed żoną niewytłumaczalne przypadki związane z ich synem, choć znakomicie zdawał sobie sprawę, że nie ma wyjścia, bo i tak wcześniej czy później Kain przyjdzie po to, co mu się należało.

– Co się stało tej nocy, kiedy Jacob utonął? – przerwał Max, domyślając się odpowiedzi, ale w głębi ducha życząc sobie, by słowa latarnika rozwiały jego obawy.

Víctor Kray opuścił głowę i przez jakiś czas zwlekał z odpowiedzią.

– Takiego dnia jak dziś, dwudziestego trzeciego czerwca, a więc w dniu, w którym również zatonął „Orfeusz", na morzu rozszalał się niebywały sztorm. Rybacy zabezpieczali łodzie, a ludzie w całym miasteczku zamykali okna i drzwi, tak jak w dniu morskiej katastrofy. Gdy nadeszła nawałnica, miasteczko wyglądało jak fatamorgana. Byłem w latarni i naraz tknęło mnie okropne przeczucie: chłopiec jest w niebezpieczeństwie. Przebiegłem puste ulice i przybyłem tutaj, jak mogłem najszybciej. Jacob wyszedł z domu i szedł plażą w stronę brzegu wściekle atakowanego przez fale. W strugach ulewnego deszczu prawie nic nie było widać, mimo wszystko dostrzegłem jednak świetlistą postać, która wynurzała się z oceanu i wyciągała do chłopca swoje podobne do macek ramiona. Jacob szedł jak zahipnotyzowany w kierunku tego wodnego stwora, któremu z powodu ciemności nie mogłem się dobrze przyjrzeć. Był to Kain, co do tego nie miałem wątpliwości, ale miałem wrażenie, że wszystkie jego tożsamości zlały się w jedną, nieustannie zmieniającą się postać... Trudno mi znaleźć słowa, by opisać to, co zobaczyłem...

– Widziałem tę postać – przerwał Max, chcąc oszczędzić latarnikowi opisywania stwora, z którym starł się zaledwie kilka godzin wcześniej. – Proszę mówić dalej.

– Zastanawiałem się, gdzie podziewają się Fleischmann i jego żona, dlaczego nie próbują ratować syna. Spojrzałem na dom. Cyrkowa trupa złożona z kamiennych rzeźb, które nagle ożyły, więziła ich na ganku.

– Posągi z ogrodu – bez trudu domyślił się Max.

Latarnik przytaknął.

– W tamtej chwili liczyło się dla mnie tylko jedno: uratować chłopca. To coś trzymało go w swoich ramionach i wlokło w głąb morza. Rzuciłem się na stwora i ugodziłem jego bezcielesność. Ogromne wodne monstrum rozpłynęło się w ciemnościach. Jacob zniknął pod wodą. Zanurkowałem raz i drugi, aż w końcu natrafiłem na ciało dziecka i wyciągnąłem je na powierzchnię. Ułożyłem chłopca na piasku, poza zasięgiem fal, i zacząłem go reanimować. Posągi zniknęły razem z Kainem. Fleischmann i Eva rzucili się ratować swoje dziecko, ale kiedy przybiegli, nie dawało się wyczuć pulsu. Zanieśliśmy Jacoba do domu. Próbowaliśmy wszystkiego, nadaremnie. Chłopiec nie żył. Fleischmann szalał z rozpaczy. Wybiegł na dwór, krzycząc w niebo i ofiarując Kainowi swoje życie w zamian za życie dziecka. Parę chwil później stała się rzecz niewytłumaczalna: Jacob otworzył oczy. Był w szoku. Nie rozpoznawał nas, nie wiedział, jak ma na imię. Eva owinęła go w koc, zaniosła na górę i położyła do łóżka. Po jakimś czasie zeszła do mnie i z niezwykłym opanowaniem w głosie powiedziała, że dziecku zagraża ogromne niebezpieczeństwo, jeśli z nimi zostanie. Poprosiła mnie, bym się nim zaopiekował tak, jakby to było moje własne dziecko, dziecko, które moglibyśmy mieć razem, gdyby życie ułożyło się inaczej. Fleischmann nie miał odwagi wejść do domu. Zgodziłem się spełnić prośbę Evy Gray i w tej samej chwili zobaczyłem w jej oczach, ile ją kosztuje rozstanie z dzieckiem, którego narodziny nadały jej życiu sens. Nazajutrz zabrałem chłopca do siebie. Wtedy widziałem Fleischmannów po raz ostatni.

Víctor Kray zamilkł. Ukrył twarz w białych, pomarszczonych dłoniach i Max miał wrażenie, że stara się powstrzymać łzy.

– Dowiedziałem się po roku, że on umarł na jakąś dziwną chorobę, której nabawił się od ugryzienia bezpańskiego psa. Za to do tej pory nie wiem, czy Eva Gray zmarła, czy żyje do dziś.

Max spojrzał na przygnębioną twarz starego latarnika i pomyślał, że zbyt surowo go ocenił. Chociaż pewnie wolałby nadal widzieć w nim nikczemnika niż zaakceptować straszliwą prawdę wynikającą z jego słów.

– Wymyślił pan historię o rodzicach Rolanda, wymyślił pan nawet jego imię – stwierdził wreszcie.

Kray przytaknął. Właśnie wyznał największy sekret swego życia trzynastolatkowi, którego widział zaledwie parę razy.

– Czy to znaczy, że Roland nie wie, kim naprawdę jest? – zapytał Max.

Latarnik zaprzeczył, kręcąc kilkakrotnie głową. Max zauważył, że w jego oczach, zmęczonych wieloletnim trzymaniem straży w latarni, pojawiły się jednak łzy wściekłości.

– Kto w takim razie pochowany jest w grobie Jacoba Fleischmanna? – zapytał Max.

– Nikt – odparł stary latarnik. – Tego grobu nigdy nie wykopano i nigdy nie odbył się żaden pogrzeb. Grobowiec, który odwiedziłeś, pojawił się na cmentarzu tydzień po sztormie. Mieszkańcy miasteczka myślą, że to Fleischmann kazał go zbudować dla swojego syna.

– Nie rozumiem – stwierdził Max. – Jeśli nie Fleischmann, to kto go wybudował?

Víctor Kray uśmiechnął się do chłopca gorzko.

– Kain – odrzekł wreszcie. – Kain go postawił i od tamtego czasu grobowiec czeka na Jacoba.

– Mój Boże – szepnął Max, do którego dotarło w tej chwili, że zmuszając latarnika do wyznania mu całej prawdy, być może zmarnował zbyt wiele cennego czasu. – Trzeba natychmiast wyciągnąć Rolanda z chatki...

* * *

Huk fal rozbijających się o brzeg obudził Alicję. Zapadł już zmierzch i sądząc z dudnienia kropel o dach chatki, nad zatoką rozszalała się burza. Alicja wstała skołowana. Roland spał dalej, wyciągnięty na łóżku, mamrocząc przez sen niezrozumiałe słowa. Nie widząc Maxa, Alicja uznała, że brat pewnie wyszedł na dwór pooglądać burzę; Maxa fascynował deszcz. Podeszła do drzwi i wyjrzała na zewnątrz.

Gęsta niebieskawa mgła pełzła znad wody w stronę chatki niczym groźne widmo. Z wnętrza bladosinej kurzawy zdawały się dochodzić dziesiątki rozmaitych głosów. Alicja zamknęła gwałtownie drzwi i oparła się o nie plecami, starając się nie ulec panice. Roland przebudził się, usłyszawszy trzaśnięcie drzwi, i z trudem usiadł na łóżku, nie bardzo wiedząc, gdzie jest i jak się tu znalazł.

– Co się dzieje? – wykrztusił.

Alicja otworzyła usta, żeby odpowiedzieć, ale nie zdążyła. Roland patrzył osłupiały, jak gęsta mgła przeciska się przez wszystkie szpary chatki i spowija Alicję. Dziewczyna zaczęła krzyczeć. Drzwi, o które się zapierała, poleciały do tyłu, wyrwane z zawiasów przez niewidzialną siłę. Roland wyskoczył z łóżka i rzucił się na ratunek Alicji, oddalającej się ku morzu w szponach z mgły. Ktoś stanął mu na drodze i Roland rozpoznał stwora wodnego, który go wciągnął w głębinę. Wilcza twarz klowna się rozjaśniła.

– Witam, Jacobie – wyszeptały galaretowate wargi.

– A teraz naprawdę zabawimy się na całego.

Roland uderzył w wodnisty kształt. Sylwetka Kaina rozprysła się, a na ziemię spłynęła masa wody. Chłopak rzucił się w wyrwę po drzwiach. Znalazłszy się na zewnątrz, poczuł uderzenie wichury. Nad zatoką wisiała ogromna kopuła ciemnych, purpurowych chmur. Z jej szczytu oślepiający grom trafił w wierzchołek klifu, rozbijając w pył masy skalne. Na plażę opadł deszcz roziskrzonych popiołów.

Alicja krzyknęła, usiłując wyrwać się ze śmiertelnego objęcia. Roland biegł ku niej kamienistym brzegiem. Chciał dosięgnąć jej ręki, ale potworna fala ścięła go z nóg. Stając, czuł, jak pod jego stopami drży cała zatoka. Usłyszał zarazem dochodzące gdzieś z głębi wycie. Cofnął się, próbując nie upaść, i wtedy zobaczył, jak z dna ku powierzchni unosi się gigantyczny świetlny kształt i pośród kipieli wynurza z morza, tocząc wysokie fale. Rozpoznał wyłaniający się na środku zatoki maszt. Nie dowierzając własnym oczom, chłopiec patrzył, jak powoli, otoczony nieziemską poświatą, na powierzchnię wypływa kadłub „Orfeusza”.

Na mostku kapitańskim stał Kain, z zarzuconą na plecy peleryną. Uniósł ku niebu posrebrzaną laskę i runął kolejny piorun, zalewając błyszczącym światłem cały kadłub „Orfeusza". Echo okrutnego śmiechu maga rozniosło się po zatoce, podczas gdy szpony mary sennej składały Alicję u jego stóp.

– To ciebie chcę, Jacobie – szepnął głos Kaina w głowie Rolanda. – Jeśli nie chcesz śmierci dziewczyny, musisz po nią przyjść...

Rozdział szesnasty

Max pedałował w strugach deszczu, kiedy oślepiający błysk pioruna, niczym wywołany negatyw, wyłonił z ciemności marę „Orfeusza", który wypływał z głębin w aureoli hipnotyzującego światła bijącego ze stali kadłuba. Stary statek Kaina znowu płynął po wzburzonych wodach zatoki. Max nacisnął mocniej pedały, w obawie, że dotrze do chatki zbyt późno. Latarnik, nie mogąc dotrzymać mu kroku, został daleko w tyle. Dojechawszy do plaży, Max zeskoczył z roweru i pobiegł do chatki Rolanda. Zobaczył wyrwane z zawiasów drzwi i spostrzegł swego przyjaciela, który stał skamieniały na brzegu i jak zahipnotyzowany patrzył na przecinający fale statek widmo. Max, podziękowawszy niebiosom, podbiegł do przyjaciela, by go serdecznie uścisnąć.

– Wszystko w porządku? – zapytał, usiłując przekrzyczeć chłoszczący plażę wiatr.

Roland spojrzał nań niczym ranne zwierzę, które poddaje się swemu prześladowcy. Max dostrzegł w jego twarzy rysy owego chłopca, który skierował trzymaną przez siebie kamerę w lustro. Poczuł zimno na plecach.

– Ma Alicję – powiedział wreszcie Roland.

Max wiedział, że przyjaciel nie rozumie, o co tak naprawdę toczy się gra, ale przeczuwał, że wyjaśnianie mu tego w obecnej chwili skomplikowałoby jedynie sytuację.

– Cokolwiek będzie się dziać – powiedział – masz się trzymać jak najdalej od niego. Słyszysz? Trzymaj się jak najdalej od Kaina.

Roland puścił jego słowa mimo uszu i wszedł do wody, zanurzając się po pas. Max złapał go za ramiona, próbując zatrzymać, ale silniejszy od niego Roland wyrwał mu się bez problemu, chcąc jak najszybciej rzucić się w wodę.

– Poczekaj! – wrzasnął Max. – Nie wiesz, o co chodzi! On poluje na ciebie!

– Wiem – odparł Roland, nie dając mu już czasu na jakąkolwiek reakcję.

Max zobaczył, jak przyjaciel rzuca się w fale, po czym wypływa kilka metrów dalej i kieruje się w stronę „Orfeusza". Rozsądek krzyczał w nim, by jak najszybciej zawrócił do chatki, schował się pod łóżko i tam przeczekał wszystko, co miało się zdarzyć. Jak zwykle Max uległ jednak podszeptom nierozsądnej części duszy i skoczył w wodę za przyjacielem, przekonany, że ten tym razem nie ujdzie z życiem z opresji.

* * *

Długie palce Kaina w rękawiczce zacisnęły się wokół przegubu Alicji jak kleszcze. Dziewczyna poczuła, że mag, szarpiąc, wlecze ją za rękę po śliskim pokładzie „Orfeusza". Spróbowała się uwolnić. Kain odwrócił się i unosząc ją w powietrzu jak piórko, zbliżył twarz do jej twarzy. Dziewczyna mogła ujrzeć, jak źrenice w tych płonących oczach rozszerzają się i zmieniają kolor od niebieskiego po złoty.

– Nie będę ci powtarzał dwa razy – zapowiedział metalicznym i bezbarwnym głosem. – Masz się zachowywać spokojnie. Inaczej gorzko tego pożałujesz. Zrozumiałaś?

Jeszcze mocniej i boleśniej zacisnął palce. Alicja przeraziła się, że jej kości w przegubie pękną zaraz, jakby były z wysuszonej gliny. Zrozumiała, że nie ma co stawiać oporu, i przytaknęła nerwowo. Kain rozluźnił palce i uśmiechnął się. W tym uśmiechu nie było cienia współczucia czy uprzejmości, a biła z niego jedynie nienawiść. Puścił ją. Alicja padła na pokład, uderzając czołem o metal. Dotknęła potłuczonego miejsca i poczuła kłujący ból rozciętej skóry. Nie dając jej chwili wytchnienia, Kain ponownie chwycił ją za obolałe ramię i pociągnął do wnętrza statku.

– Wstawaj – rozkazał mag, popychając ją korytarzem za mostkiem, prowadzącym do kajut pokładowych.

Sczerniałe i przerdzewiałe ściany pokryte były kleistą warstwą ciemnych wodorostów. Błotnista woda wydzielała odurzające wyziewy. Unoszące się na niej odpadki gwałtownie spływały to ku jednej, to ku drugiej burcie, zgodnie z ruchami rzucanego przez fale statku. Doktor Kain złapał Alicję za włosy i otworzył drzwi do kajuty. W powietrzu wisiała chmura nagromadzonych przez dwadzieścia pięć lat oparów zatęchłej wody. Alicja wstrzymała oddech. Mag pociągnął ją i brutalnie zawlókł do kajuty.

– Najlepszy apartament na statku, kochanie. Kapitańska kajuta dla mojego honorowego gościa. Jesteś w dobrym towarzystwie. Miłej zabawy.

Popchnął ją i zamknął za nią drzwi. Alicja padła na kolana i szybko zaczęła po omacku szukać jakiegoś punktu oparcia. W kajucie panował niemal całkowity mrok. Odrobina światła wpadała jedynie przez maleńki wąski bulaj, obrosły przez lata skorupą wodorostów i organicznych resztek. Alicji trudno było utrzymać równowagę. Chwyciwszy się zardzewiałej rury, usiłowała przyzwyczaić się do ciemności, próbując zarazem nie zwracać uwagi na panujący wokół fetor. Potrzebowała kilku minut, by jej oczy przywykły do niemal całkowitego braku światła i by móc sprawdzić, jaki też gościnny apartament przygotował jej Kain. Poza drzwiami, które Kain zamknął, odchodząc, nie było chyba stamtąd wyjścia. Alicja zaczęła po omacku szukać jakiegoś metalowego pręta lub podobnego narzędzia, za pomocą którego mogłaby spróbować wyważyć drzwi. Ale nic nie mogła znaleźć. Ostrożnie poruszając się w ciemnościach, z rękoma wyciągniętymi przed sobą, nagle wyczuła, że jej palce natrafiają na coś opartego o ścianę. Odskoczyła wystraszona. Szczątki kapitana „Orfeusza" osunęły się pod jej nogi i Alicja zrozumiała, co Kain miał na myśli, mówiąc o dobrym towarzystwie. Fortuna nie sprzyjała staremu Holendrowi tułaczowi. Huk fal i wichura zdusiły krzyki Alicji.

* * *

Rolandowi zdawało się, że jest coraz bliżej, ale co kilka metrów morska furia wsysała go pod wodę, by po chwili wyrzucić na powierzchnię w kotłujących się wirach piany, z którymi walczył resztką sił. Przed nim statek to opadał, to się wznosił, atakowany wściekle przez gigantyczne fale, które huśtały nim jak łupiną orzecha.

Im bliżej statku, tym trudniej mu było walczyć z prądem coraz bardziej miotającym nim we wszystkie strony. Przestraszył się, że gwałtowna fala może roztrzaskać go o kadłub. Bał się, że straci przytomność, a żarłoczne morze pochłonie go na zawsze. Zanurzył się, by uniknąć spiętrzającego się nad nim grzbietu, po czym wyłonił się i zobaczył, jak fala oddala się w stronę brzegu, tworząc ogromną kaskadę mętnej i kłębiącej się wody.

Od „Orfeusza" dzieliło go kilkanaście metrów, ale patrząc na ścianę stali, błyszczącą rozjarzonym do białości światłem, zrozumiał, że nie zdoła się dostać na pokład. Mógł to zrobić, jeśliby dotarł do wyrwy w kadłubie, wyszarpanej przez skały dwadzieścia pięć lat wcześniej. Widoczna na linii zanurzenia wyrwa w bujającym się na falach statku to pojawiała się przed Rolandem, to znikała mu z oczu. Roztrzaskany szkielet kadłuba, wystający z czarnej wyrwy, przywodził na myśl szczęki morskiego potwora. Na samą myśl, że musi wejść do tej paszczy, ogarnęło go przerażenie, ale była to jedyna szansa, by odnaleźć Alicję. Raz jeszcze zanurzył się przed atakującą go falą, a poczuwszy nad sobą jej grzbiet, ruszył ku mrocznemu otworowi w kadłubie, znikając w nim niby torpeda ludzka.

* * *

Zdyszany Víctor Kray przedarł się przez łany wysokich traw między zatoką a ścieżką z latarni. Zacinający deszcz i smagający wiatr utrudniały mu marsz, jakby czyjeś niewidzialne ręce usiłowały odciągnąć go od morza. Kiedy wreszcie zdołał dotrzeć na plażę, „Orfeusz" w kokonie nadnaturalnego światła unosił się na środku zatoki, dryfując prosto na skały. Z każdym atakiem oceanu dziób statku przełamywał zalewające pokład fale i wznosił chmurę białej piany. Rozpacz ścisnęła Victorowi serce: sprawdziły się jego najgorsze przeczucia. Przegrał. Upływ lat uśpił jego czujność, a starość przytępiła umysł. Książę Mgły znów go oszukał. Mógł jedynie błagać niebiosa, by pozwolił mu uratować Rolanda przed losem, jaki miał mu przypaść w udziale z woli Kaina. Víctor Kray oddałby teraz wszystko, nawet własne życie, gdyby tylko wiedział, że dzięki temu Roland zyska szansę ucieczki. Złowieszcze przeczucie mówiło mu jednak, że nie zdoła wypełnić złożonej matce chłopca obietnicy.

Skierował się ku chatce Rolanda, chociaż niespecjalnie liczył na to, że odnajdzie chłopca. Nie było tam śladu obecności Maxa czy dziewczyny. Na widok wyrwanych z zawiasów drzwi, które leżały na plaży, ogarnęły go najgorsze przeczucia. W ich miejsce szybko jednak pojawiła się nikła iskierka nadziei, gdy dojrzał odblask światła wewnątrz chatki. Szybko ruszył ku wejściu, nawołując Rolanda. Blada i ruchliwa postać cyrkowego miotacza kamiennych noży wyszła mu naprzeciw.

– Już za późno na płacze i lamenty, dziadku – odezwał się cyrkowiec głosem, w którym latarnik rozpoznał głos Kaina.

Víctor Kray cofnął się, ale za jego plecami ktoś stał. Nie zdążył zareagować. Poczuł uderzenie w kark. Zapadła ciemność.

* * *

Max dostrzegł, że Roland przedostaje się do „Orfeusza" przez wyrwę w kadłubie i poczuł, jak z każdą atakującą falą ubywa mu sił. Pływał znacznie gorzej od Rolanda i uświadamiał sobie coraz wyraźniej, że jeśli szybko nie znajdzie sposobu, by dostać się na pokład statku, nieuchronnie pójdzie na dno. Z drugiej strony z każdą upływającą minutą docierało do niego coraz jaśniej, że przecież wewnątrz statku czyha na nich niebezpieczeństwo. Oto bezwolnie podążali za magiem jak lgnące do miodu muchy.

Usłyszawszy ogłuszający huk gromu, Max zobaczył, jak ogromna ściana wody unosi się za rufą „Orfeusza" i zbliża do statku z ogromną szybkością. W mgnieniu oka uderzenie zniosło statek w stronę klifu i wbiło dziób w skały. Cały kadłub zadrżał. Maszt z oznakowaniem świetlnym runął, złamany, w stronę burty. Jego top wpadł do wody tuż przed Maxem.

Max z całych sił zaczął płynąć w tę stronę i kurczowo chwycił się masztu. Odczekał chwilę, by złapać oddech. Kiedy spojrzał w górę, spostrzegł, że złamany maszt wisi nad wodą niczym trap prowadzący na pokład. Spiesząc się, by kolejna fala nie zmiotła go stąd na zawsze, zaczął wciągać się po złamanym maszcie na „Orfeusza", nie zdając sobie sprawy, że jego wysiłkom przygląda się oparta o poręcz na prawej burcie nieruchoma postać.

* * *

Silny prąd porwał Rolanda w głąb najniższej części statku. Chłopak schronił twarz w ramionach, osłaniając się przed uderzeniami wirujących wokół niego najróżniejszych części wraku. Poddawał się falującej wodzie, dopóki wstrząs kadłuba nie rzucił nim o ścianę. Natychmiast to wykorzystał, łapiąc się metalowych schodków prowadzących na wyższy pokład.

Wspiął się po wąskich stopniach i przecisnął przez właz. Widząc zniszczone silniki okrętowe, domyślił się, iż trafił do maszynowni „Orfeusza". Minął maszynownię i znalazł się w korytarzu prowadzącym na pokład. Przebiegł, jak mógł najszybciej, obok kajut, by skierować się na mostek kapitański. Dziwnie się czuł, rozpoznając każdy kąt tego pomieszczenia, wszystkie przedmioty, które tylokrotnie widział, nurkując w wodach zatoki. Z mostku miał widok na cały pokład przedni „Orfeusza": fale przetaczały się po nim i rozbijały o platformę mostka. Nagle poczuł, że statek płynie, pchany jakąś gwałtowną siłą. Z przerażeniem zobaczył, jak spośród cieni spowijających dziób wyłaniają się skały klifu. Zrozumiał, że katastrofa jest nieuchronna.

Rzucił się do koła sterowego, ale poślizgnął się na warstwie wodorostów pokrywającej deski pokładu. Przetoczył się kilkanaście metrów i uderzył w starą krótkofalówkę. Poczuł w całym ciele wstrząs wywołany uderzeniem statku o skały. Gdy najgorszy moment minął, podniósł się. Usłyszał dochodzący z bliska dźwięk – ludzki głos przebijający się przez huk burzy. Głos rozległ się ponownie i wtedy Roland nie miał już wątpliwości: była to Alicja, uwięziona gdzieś na statku i wzywająca rozpaczliwie pomocy.

* * *

Dziesięć metrów wciągania się po maszcie na pokład „Orfeusza" zdało się Maxowi wiecznością. Z przegniłego drewna wystawało tyle drzazg, że kiedy chłopiec dotarł wreszcie do statku, jego ręce i nogi pokryte były drobnymi, piekącymi ranami. Uznał, że nie ma co zatrzymywać się i oglądać za każdym razem kolejną ranę. Było to zbyt ryzykowne. W końcu dotarł do burty. Wyciągnął rękę, by chwycić się poręczy.

Zebrawszy siły, przełożył nogi i spadł na pokład. Zobaczył powiększający się nad sobą cień, więc szybko uniósł głowę w nadziei, że to Roland. Ale nad nim stał Kain. Wyjął spod peleryny obracający się na dewizce srebrny przedmiot. Max natychmiast rozpoznał swój zegarek.

– Tego szukasz? – spytał mag, klękając przy chłopcu i kołysząc mu przed nosem zegarkiem, zgubionym przez niego w grobowcu Jacoba Fleischmanna.

– Gdzie jest Jacob? – zapytał Max, niespeszony drwiącym grymasem przyklejonym do twarzy Kaina niczym woskowa maska.

– Oto jest pytanie! – odparł mag. – Zgadnij, kto mi na nie pomoże odpowiedzieć?

Kain ścisnął dłoń i Max usłyszał chrzęst metalu. Kiedy mag rozwarł palce, z ojcowskiego prezentu została tylko miazga kółek zębatych i trybików.

– Czas, mój drogi Maksie, nie istnieje; jest czystą iluzją. Nawet twój przyjaciel Kopernik odkryłby to, gdyby nie zabrakło mu właśnie czasu. Cóż za ironia losu, nieprawdaż?

Max zaczął gorączkowo rozważać, jakie ma szanse, by wyskoczyć ze statku i uciec przed magiem. Ledwie to pomyślał, biała rękawiczka Kaina zacisnęła się na jego szyi.

– Co chce pan ze mną zrobić? – jęknął Max.

– A co byś ze sobą zrobił, gdybyś był na moim miejscu? – spytał mag.

Max poczuł, że oczy zachodzą mu mgłą, a śmiertelny uścisk Kaina odbiera oddech.

Kain puścił chłopca. Max runął na pokład. Od uderzenia w zardzewiałą płytę zrobiło mu się ciemno przed oczami. Poczuł mdłości.

– Dlaczego prześladuje pan Jacoba? – wybełkotał, próbując zyskać na czasie. Robił to dla Rolanda.

– Biznes jest biznes – odpowiedział mag. – Ja wywiązałem się ze swojej części umowy.

– Ale co dla pana warte jest życie jakiegoś chłopaka? – spytał Max. – A poza tym przecież już zemścił się pan na doktorze Fleischmannie.

Twarz Kaina rozpromieniła się, jakby Max zadał pytanie, na które on pragnął odpowiedzieć od samego początku tej rozmowy.

– Kiedy ma się zaległy dług, trzeba spłacić odsetki. Ale to nie likwiduje długu. Takie mam zasady – wycedził przez zęby mag. – I tym się karmię. Życiem Jacoba i wielu innych takich jak on. Zdajesz sobie sprawę, od ilu już lat błąkam się po świecie? Wiesz, ile miałem imion?

Max pokręcił głową, wdzięczny za każdą sekundę, jaką mag tracił na rozmowie z nim.

– Nie wiem. Ale chętnie się dowiem – powiedział chłopiec, udając pełen lęku podziw dla rozmówcy.

Kain uśmiechnął się wniebowzięty. Lecz w tej samej chwili stało się coś, czego Max obawiał się najbardziej. Pośród huku nawałnicy rozległ się głos nawołującego Alicję Rolanda. Spojrzenia Maxa i Kaina się skrzyżowały. Obaj usłyszeli to samo. Z ust Kaina znikł uśmiech. Jego twarz w jednej chwili odzyskała złowrogi wyraz właściwy dla wygłodniałego i żądnego krwi drapieżnika.

– Bardzo sprytnie – zasyczał.

Max przełknął ślinę, przygotowując się na najgorsze.

Kain rozwarł palce tuż przed jego twarzą i Max z przerażeniem patrzył, jak zmieniają się w długie ostrza. Ale znów rozległ się krzyk Rolanda, tym razem całkiem blisko. Gdy Kain odwrócił się, by spojrzeć w tamtą stronę, Max rzucił się do burty. Szpony maga znów zacisnęły się na szyi chłopca. Max musiał się odwrócić i stanąć twarzą w twarz z Księciem Mgły.

– Szkoda, że twój przyjaciel nie jest nawet w połowie tak sprytny jak ty. Być może to z tobą powinienem zawrzeć układ. Zresztą, co się odwlecze... – zakpił Kain. – Do zobaczenia, Max. Mam nadzieję, że nurkujesz trochę lepiej niż ostatnim razem.

Mag z furią cisnął Maxem w powietrze. Ciało chłopca, wystrzelone jak z katapulty, przeleciało kilkanaście metrów i wpadło między wzburzone fale, gdzie natychmiast wessał je lodowaty prąd. Max, chcąc się wydostać na powierzchnię, zaczął ze wszystkich sił bić rękoma i nogami, by śmiercionośne wiry nie ściągnęły go w ciemną otchłań. Nie bardzo wiedząc, dokąd płynie, poczuł, że płuca

202

zaraz mu eksplodują. Wreszcie zdołał się wynurzyć z wody, niedaleko skał. Zaczerpnął powietrza i, starając się utrzymać na powierzchni, pozwolił falom znieść się ku stromej ścianie klifu, gdzie w końcu złapał się skalnego występu i wspiął na górę. Ostre kamienie kaleczyły mu skórę. Choć miał już całe ciało w ranach, był tak zziębnięty, że prawie nie czuł bólu. Obawiając się, że w każdej chwili może stracić przytomność, wspinał się dalej, by znaleźć się poza zasięgiem fal. Kilka metrów wyżej wreszcie wyciągnął się na małej kamiennej platformie. Dopiero wtedy dotarło do niego, że z powodu przerażenia nie potrafi jeszcze uwierzyć, że uszedł z życiem.

Rozdział siedemnasty

Drzwi od kajuty otworzyły się powoli. Alicja, skulona w kącie, zastygła w bezruchu i wstrzymała oddech. Na ścianie pojawił się cień Księcia Mgły. Oczy maga, jarzące się jak dwa węgle, zmieniły kolor ze złotawego na intensywnie czerwony. Kain podszedł do dziewczyny. Alicja, starając się opanować drżenie, śmiało spojrzała mu w oczy. Mag skwitował ten popis arogancji wilczym uśmiechem.

– To chyba rodzinne. Sami bohaterowie – podsumował z udawanym podziwem. – Zaczynacie mi się podobać.

– Czego pan chce? – spytała Alicja, usiłując nadać swemu głosowi ton największej pogardy, na jaką było ją stać.

Kain, jakby zastanawiając się nad odpowiedzią, zaczął powoli ściągać z palców rękawiczki. Alicja zauważyła długie i ostre jak sztylety paznokcie. Kain wycelował palec w dziewczynę.

– To zależy. A co proponujesz? – zapytał przymilnie, nie odrywając wzroku od twarzy Alicji.

– Nie mam panu nic do zaoferowania – odparła, kątem oka zerkając na uchylone drzwi kajuty.

Kain, czytając w myślach Alicji, pogroził jej palcem.

– To nie jest dobry pomysł – ostrzegł. – Ale przejdźmy do rzeczy. Może zawrzemy pakt. Taki traktat, można by rzec.

– Jaki traktat? – zapytała Alicja, starając się unikać hipnotyzującego wzroku Kaina, który zdawał się wysysać z niej wolę oporu z żarłocznością wampira.

– To mi się bardziej podoba. Pogadajmy o interesach. Powiedz mi, Alicjo, chcesz ocalić Jacoba, o, przepraszam, chciałem rzec: Rolanda? Niczego sobie chłopak, wydaje mi się – powiedział mag, rozkoszując się każdym wypowiadanym przez siebie słowem.

– A jaka jest pańska cena? Moje życie? – wypaliła bez namysłu. Odpowiadała tak szybko, że jej myśli nie nadążały za słowami.

Mag założył ręce i zmarszczył brwi w zamyśleniu. Alicja nagle zdała sobie sprawę, że Kain nigdy nie zamyka powiek.

– Moja propozycja dotyczyłaby raczej czegoś innego, moja droga – zaczął, dotykając palcem wskazującym dolnej wargi. – Co wiesz o swoim pierwszym dziecku?

Powoli podszedł do dziewczyny, nachylił się i przybliżył twarz do twarzy Alicji. Poczuła bijącą od Kaina mocną słodkawą woń, która wywoływała mdłości. Patrząc śmiało w oczy Kaina, plunęła mu w twarz.

– Niech pana piekło pochłonie! – powiedziała, z trudem powstrzymując furię.

Krople śliny wyparowały, jakby padły na rozpaloną blachę.

– Drogie dziecko, właśnie stamtąd przychodzę – odpowiedział Kain.

Przysunął dłoń do twarzy Alicji. Dziewczyna zamknęła oczy i poczuła na czole lodowaty dotyk jego palców i długich, ostrych paznokci. Była to krótka chwila, ale Alicji wydawało się, że trwała w nieskończoność. Wreszcie usłyszała oddalające się kroki i trzask zamykanych drzwi do kajuty. Odór zgnilizny ulotnił się przez bulaje kajuty niczym para wodna z zaworów bezpieczeństwa. Alicja najchętniej rozpłakałaby się i waliła pięściami o ścianę, żeby rozładować złość, ale powstrzymała się przed jednym i drugim, pragnąc przede wszystkim zachować jasność umysłu. Musiała opuścić kajutę, a nie miała na to zbyt wiele czasu.

Podeszła do drzwi i dokładnie zbadała palcami ościeżnicę, szukając jakiejś szczeliny czy szpary. Na próżno. Kain zamknął ją w zardzewiałym sarkofagu razem ze szkieletem starego kapitana „Orfeusza". W tym momencie silne uderzenie wstrząsnęło statkiem. Alicja padła na podłogę. Po kilku sekundach z wnętrza statku zaczął dochodzić przygłuszony dźwięk. Dziewczyna przyłożyła ucho do drzwi. Zamieniła się cała w słuch.

Rozpoznała nieomylny szum płynącej wody. Ogromnej ilości wody. Przerażona, natychmiast zrozumiała, co się stało: statek nabierał wody, „Orfeusz" znowu szedł na dno. Tym razem nie mogła powstrzymać krzyku rozpaczy.

* * *

Roland przebiegł cały statek w poszukiwaniu Alicji. Nadaremnie. „Orfeusz" przeistoczył się w podwodne katakumby – mroczny labirynt niekończących się korytarzy, pełen zakamarków prowadzących jedynie w pułapki zatrzaśniętych drzwi. Kain mógł ukryć dziewczynę gdziekolwiek, miał do wyboru dziesiątki miejsc. Roland wrócił na mostek, usiłując raz jeszcze zebrać myśli. W tym momencie poczuł wstrząs, po którym stracił równowagę. Starał się podnieść z mokrej i oślizgłej od wodorostów podłogi, gdy w ciemnościach, znikąd, jakby wynurzał się z metalowych ścian mostku kapitańskiego, stanął przed nim Kain.

– Toniemy, drogi Jacobie – oznajmił beznamiętnie, zataczając ręką półkole. – No cóż, wyczucie chwili nigdy nie było twoją mocną stroną.

– Nie wiem, o czym pan mówi. Gdzie jest Alicja? – warknął Roland, gotów bez namysłu rzucić się na przeciwnika.

Mag zamknął oczy i złączył dłonie, jakby zamierzał odmówić modlitwę.

- Gdzieś na tym statku – odparł spokojnie. – Jeśli byłeś na tyle głupi, żeby dać się tutaj zwabić, to bądź łaskaw teraz wszystkiego nie zepsuć. Chcesz uratować jej życie, prawda, Jacobie?

- Mam na imię Roland – sprostował chłopak.

- Roland, Jacob... Czy to nie wszystko jedno? – drwiąco odparł Kain. – Ja sam mam wiele imion. No dobrze, Rolandzie, czego byś chciał? Czego pragniesz? Chcesz uratować dziewczynę? O to ci chodzi, prawda?

- Gdzie ją pan ukrył? – powtórzył Roland. – Przeklęty łotrze! Gdzie ona jest?

Mag zatarł ręce, jakby chciał je rozgrzać.

- Wiesz, jak długo tonie taki statek? Nie musisz mi odpowiadać. Najwyżej kilka minut. Zaskakujące, nie sądzisz? Doskonale wiem, co mówię – zaśmiał się Kain.

- Pan szuka Jacoba, czy jak pan chce mnie nazywać – stwierdził Roland. – No więc znalazł go pan; nie będę uciekać. Niech ją pan wypuści.

- Szalenie oryginalne, Jacobie – zawyrokował mag, podchodząc do chłopca. – Czas ci się kończy. Masz jeszcze minutę.

„Orfeusz" zaczął powoli przechylać się na prawą burtę. Woda zalewająca ładownie ryczała pod ich stopami, a szkielet statku jęczał pod naporem nacierających z furią fal, które pożerały statek niczym kwas trawiący dziecięcą zabawkę.

- Co mam zrobić? – spytał pokornie Roland. – Czego pan ode mnie chce?

– O, już lepiej. Widzę, Jacobie, że zaczynasz się zachowywać rozsądnie. Chcę tylko, byś się wywiązał z umowy, której nie dotrzymał twój ojciec – odpowiedział mag.

– Tylko tyle. I aż tyle.

– Mój ojciec zginął w wypadku. Ja... – zaczął tłumaczyć zdesperowany Roland.

Mag położył mu protekcjonalnie rękę na ramieniu. Roland poczuł metaliczny dotyk jego palców.

– Pół minuty, chłopcze. Zbyt mało czasu na rodzinne opowieści – przerwał Kain.

Woda zaczęła wdzierać się na pokład, na którym znajdował się mostek. Roland spojrzał błagalnie na maga. Kain klęknął przed Rolandem i uśmiechnął się.

– A może zawrzemy pakt, Jacobie? – wyszeptał.

Z oczu Rolanda popłynęły łzy. Powoli skinął głową.

– Bardzo dobrze. Świetnie – niemal bezgłośnie rzekł mag. – Witaj w domu...

Mag wstał i wskazał ręką jeden z odchodzących od mostka korytarzy.

– Ostatnie drzwi – poinformował Rolanda. – Ale pamiętaj, kiedy uda ci się je otworzyć, będziemy już pod wodą. Dziewczyna nie będzie miała czym oddychać. Znakomicie nurkujesz, będziesz wiedział, co robić. Nie zapominaj o pakcie...

Kain uśmiechnął się jakby na pożegnanie, okrył peleryną i zniknął w ciemnościach. Rozległo się echo kroków na pokładzie. Widać było również ślady stóp pozostawiane na topiącej się pod nimi metalowej podłodze. Chłopiec stał przez chwilę jak sparaliżowany, usiłując złapać oddech, póki kolejny wstrząs nie rzucił nim o zmurszałe koło sterowe. Woda docierała do mostka.

Roland rzucił się w stronę wskazanego mu przez maga korytarza. Woda tryskała z wszystkich otworów i zalewała korytarz. „Orfeusz" nieubłaganie szedł na dno. Roland dotarł do ostatnich drzwi i rozpaczliwie zaczął w nie walić z całej siły.

– Alicjo! – krzyczał, choć dobrze wiedział, że dzieląca ich gruba, stalowa ściana skutecznie tłumi jego głos. – To ja, Roland. Wytrzymaj jeszcze chwilę. Wyciągnę cię stąd.

Chwycił za pokrętło i zaparł się, by je obrócić. Ale tylko poranił sobie dłonie. Lodowata woda sięgała mu już do pasa. Pokrętło nieznacznie drgnęło. Roland nabrał głęboko powietrza i zaparł się ponownie. Tym razem pokrętło, choć powoli, ale ustąpiło i można było wreszcie otworzyć drzwi. Woda zalewała już twarz Rolanda. Po chwili cały korytarz znalazł się pod wodą. „Orfeusz" zniknął w ciemnościach.

Otworzywszy całkowicie drzwi, Roland wpłynął do kajuty, usiłując po omacku odnaleźć Alicję. Przez chwilę pomyślał z przerażeniem, że mag go oszukał i w kajucie nie ma nikogo. Chociaż otwarte pod wodą oczy piekły go boleśnie, starał się wypatrzyć dziewczynę w podwodnym mroku. W końcu natrafił palcami na skraj sukienki Alicji. Dziewczyna dusiła się już i szamotała rozpaczliwie. Objął ją, próbując uspokoić, ale ona, nie wiedząc, kto jej właściwie dotyka, wpadła w jeszcze większą panikę. Zdając sobie sprawę, że zostało mu tylko kilka sekund, chwycił ją pod brodę i pociągnął na korytarz. Statek coraz szybciej pogrążał się w toni. Alicja próbowała wyrwać się z uścisku Rolanda, który płynął w stronę mostka pośród szczątków wyrwanych przez wodę z najniższych pokładów „Orfeusza". Chłopak wiedział, że dopóki kadłub nie osiądzie na dnie, nie powinien nawet próbować wydostać się ze statku, w przeciwnym bowiem razie wiry wessą ich i pociągną w stronę prądu morskiego, ten zaś porwie ich bez żadnej nadziei na ratunek. Z drugiej strony świadom był tego, że upłynęło już przynajmniej trzydzieści sekund od chwili, gdy Alicja po raz ostatni zaczerpnęła powietrza, co ze względu na okoliczności i stan paniki, w jakim się znajdowała, oznaczało, że zaczyna nabierać wody. Próba wypłynięcia na powierzchnię skończyłaby się dla niej pewną śmiercią. Kain starannie zaplanował grę.

Oczekiwanie, aż „Orfeusz" osiądzie na dnie, zdawało się trwać bez końca. Kiedy wreszcie nastąpiło uderzenie, część nadbudowy mostka kapitańskiego oderwała się i spadła na Alicję i Rolanda. Silny ból przeszył nogę Rolanda. Chłopak zrozumiał, że kawał metalu uwięził jego stopę. Blask „Orfeusza" powoli gasł w głębokościach.

Roland, walcząc z potwornym bólem uwięzionej nogi, spojrzał w twarz Alicji. Dziewczyna miała wciąż otwarte oczy, ale widać było, że resztkami sił broni się przed zachłyśnięciem. Nie mogła już dłużej bronić się przed nabraniem powietrza w płuca. Spomiędzy zaciśniętych warg zaczęły wypływać pęcherzyki niczym perełki niosące ostatnie chwile gasnącego życia.

Roland ujął w dłonie jej twarz, zmuszając ją, by spojrzała mu w oczy. Ich spojrzenia złączyły się w głębinach. Dziewczyna w mig zrozumiała, co Roland zamierza zrobić. Pokręciła przecząco głową, usiłując zarazem odepchnąć chłopca. Ten wskazywał na swoją stopę uwięzioną w śmiercionośnych wnykach metalowej konstrukcji dachu. Alicja zanurkowała w lodowatej wodzie, próbując uwolnić stopę Rolanda z pułapki żelastwa. Oboje spojrzeli na siebie wzrokiem pełnym rozpaczy. Nikt i nic nie mogło unieść potwornego ciężaru przytrzymującego Rolanda. Alicja podpłynęła z powrotem do chłopca i przytuliła się do niego, czując, jak z wolna i ona traci resztki przytomności. Roland, nie zwlekając już ani chwili, ujął twarz Alicji w swoje dłonie i przycisnął wargi do warg dziewczyny, by wpuścić do jej ust resztki powietrza, jakie dla niej zachował – zgodnie z przewidywaniami Kaina. Alicja zatrzymała zbawienne powietrze, ściskając mocno dłonie Rolanda, złączona z nim w pocałunku ocalenia.

Chłopak posłał jej pożegnalne i pełne rozpaczy spojrzenie i siłą wypchnął ją z mostka. Dziewczyna powoli zaczęła unosić się ku powierzchni. Po raz ostatni widziała Rolanda. Kilka chwil później wypłynęła na powierzchnię w środku zatoki. Zobaczyła, że burza oddala się w głąb morza, zabierając ze sobą wszystkie nadzieje, jakie dziewczyna pokładała w przyszłości.

* * *

Kiedy Max zobaczył wyłaniającą się spośród fal głowę Alicji, skoczył do wody i popłynął ku siostrze. Dziewczyna ledwo utrzymywała się na powierzchni, kaszlała gwałtownie, bełkotała i wypluwała wodę, jaką zdążyła się zachłysnąć, wznosząc się od dna ku powierzchni. Max chwycił ją pod ramiona i ciągnął w stronę lądu, póki nie poczuł gruntu pod nogami, kilka metrów od brzegu. Stary latarnik, ujrzawszy ich, podbiegł natychmiast. Razem wyciągnęli Alicję z wody i ułożyli na piasku. Víctor Kray próbował ująć jej nadgarstek, by zmierzyć tętno, ale Max delikatnie odsunął jego drżącą rękę.

– Ona żyje – powiedział, gładząc czoło siostry. – Żyje.

Latarnik przytaknął, wstał i zostawił rodzeństwo. Chwiejąc się, niczym żołnierz po morderczej bitwie, stanął na brzegu, by po chwili wejść do wody. Szedł głębiej, dopóki woda nie zaczęła mu sięgać do pasa.

– Gdzie jest Roland? – zapytał półgłosem, odwracając się do Maxa. – Gdzie jest mój wnuk?

Max patrzył w milczeniu na Victora Kraya, widząc, jak dusza biednego latarnika i moc, która trzymała go przez tyle lat na szczycie latarni morskiej, uchodzą zeń niczym przesypujący się między palcami piasek.

– On już nie wróci – odezwał się w końcu chłopiec ze łzami w oczach. – Roland nie wróci.

Stary latarnik spojrzał na niego, jakby nie potrafił zrozumieć jego słów. Po dłuższej chwili skinął głową, ale raz jeszcze spojrzał ku morzu, z nadzieją, że wnuk wynurzy się i podpłynie do niego. Morze z wolna się uspokajało. Girlanda gwiazd rozbłysła nad widnokresem. Roland nie wrócił.

Rozdział osiemnasty

Następnego dnia po burzy, która rozszalała się na wybrzeżu owej długiej nocy dwudziestego trzeciego czerwca tysiąc dziewięćset czterdziestego trzeciego roku, Maximilian i Andrea Carverowie wrócili do domu na skraju plaży z małą Iriną. Życiu dziewczynki nie zagrażało już niebezpieczeństwo, choć wiadomo było, że minie dobrych kilka tygodni, nim zupełnie odzyska siły. Huragan, który przeszedł przez miasteczko, ucichł dopiero przed świtem. Pozostawił po sobie połamane drzewa i słupy elektryczne, porwał zacumowane w porcie łodzie, spychając je na pobliski deptak, i powybijał szyby w większości domów. Alicja i Max siedzieli na ganku w milczeniu, oczekując przyjazdu rodziców. Ich twarze, ich porwane ubrania mówiły same za siebie i Maximilian Carver, już w chwili, gdy wysiadał z samochodu, wiedział, że wydarzyło się coś strasznego.

Zanim jednak zdołał o cokolwiek zapytać, popatrzył na Maxa i pomyślał, że na wyjaśnienia przyjdzie mu poczekać, być może bardzo długo. Pojął z ową przerażającą jasnością, z jaką zdarza nam się czasami coś zrozumieć bez zbędnych słów i gestów, że za smutnym spojrzeniem jego dzieci kryje się kres pewnej epoki w ich życiu, epoki, która już nigdy nie powróci.

Wchodząc do domu, spojrzał w wilgotne oczy Alicji, wpatrzonej nieobecnym wzrokiem w linię horyzontu, jakby dziewczyna miała nadzieję, że odnajdzie tam odpowiedzi na dręczące ją pytania – wątpliwości, których nie potrafiła rozwiać sama, a nikt nie mógł jej w tym pomóc. Nagle zegarmistrz odkrył, że jego córka jest już prawie dorosła i pewnego dnia, całkiem nieodległego, wyruszy na poszukiwanie swoich własnych odpowiedzi.

* * *

Dworzec kolejowy tonął w buchającej z lokomotywy parze. Na peronach ostatni pasażerowie pospiesznie żegnali się z krewnymi i przyjaciółmi. Max spojrzał na stary zegar, który przywitał go, gdy tylko przyjechał do miasteczka. Tym razem przekonał się, że jego wskazówki stanęły na dobre. Do Maxa i stojącego obok Victora Kraya podszedł bagażowy z ręką wyciągniętą w geście sugerującym niedwuznacznie, że mężczyzna oczekuje napiwku.

– Walizki są już w pociągu, proszę pana.

Latarnik wręczył mu kilka monet i bagażowy odszedł, licząc je. Max i Víctor Kray uśmiechnęli się porozumiewawczo, jakby scenka wydała im się nader zabawna. Jakby żegnali się tylko na jakiś czas.

– Alicja nie mogła przyjść... – zaczął tłumaczyć Max.

– Nie szkodzi. Rozumiem – uciął latarnik. – Pożegnaj ją ode mnie. I opiekuj się nią.

– Na pewno – odpowiedział Max.

Zawiadowca odgwizdał odjazd. Pociąg miał za chwilę ruszyć.

– Nie powie mi pan, dokąd jedzie? – spytał Max, wskazując na czekające na torach wagony. Víctor Kray uśmiechnął się i wyciągnął do chłopca rękę.

– Wszystko jedno, dokąd się udam, i tak nigdy nie będę mógł naprawdę stąd wyjechać.

Rozległ się ponowny gwizd. Víctor Kray był jedynym pasażerem, który jeszcze nie wsiadł do pociągu.

– Czas na mnie – powiedział latarnik.

Max uściskał go, a stary odwzajemnił uścisk.

– Byłbym zapomniał. Mam coś dla ciebie.

Max wziął z rąk latarnika niewielką szkatułkę. Delikatnie nią potrząsnął. Coś zagrzechotało w środku.

– Nie otworzysz? – spytał Víctor Kray.

– Otworzę, kiedy pan odjedzie – odparł chłopiec.

Víctor Kray podszedł do wagonu, konduktor podał mu rękę i pomógł wejść do środka. Kiedy staruszek był już na ostatnim stopniu, Max podbiegł do niego.

– Panie Kray! – krzyknął.

Stary latarnik odwrócił się i spojrzał na niego, jakby rozbawiony.

– Cieszę się, że pana poznałem – zawołał Max.

Víctor Kray uśmiechnął się do niego po raz ostatni i delikatnie poklepał go po ramieniu.

– Ja też się cieszę, że cię poznałem, Maksie – zapewnił. – Bardzo się cieszę.

Pociąg ruszył ospale. Zostawiając za sobą smugę pary, robił się coraz mniejszy i mniejszy. Max patrzył za nim, aż pociąg zmienił się w ledwie dostrzegalny punkcik na horyzoncie, a potem zupełnie zniknął mu z oczu. Dopiero wtedy otworzył szkatułkę, którą podarował mu Víctor Kray, i znalazł w niej pęk kluczy. Max uśmiechnął się. Były to klucze do latarni.

Epilog

Ostatnie tygodnie lata przyniosły nowe wiadomości o wojnie, która, jak powiadali wszyscy, miała się już ku końcowi. Nieopodal placu kościelnego Maximilian Carver otworzył niewielki zakład zegarmistrzowski, choć, prawdę mówiąc, zakład przypominał raczej jarmark rozmaitych cudów, i już wkrótce nie było w miasteczku nikogo, kto by go nie odwiedził. Mała Irina wróciła do zdrowia i zdawało się, że całkiem zapomniała o wypadku, jakiego doznała na schodach domu przy plaży. Chadzała z mamą na długie spacery brzegiem morza, szukając muszli i małych skamieniałości. Uzbierała się ich cała kolekcja, która na jesieni stać się miała obiektem zazdrości koleżanek z nowej klasy.

Max, wierny dziedzictwu Victora Kraya, pedałował co wieczór do domu przy latarni. Dzięki niemu, noc w noc, snop światła latarni przecinał aż do świtu ciemności, prowadząc statki bezpiecznie do portu. Max wdrapywał się po schodach i z wysokości swojej warowni patrzył na ocean, jak zwykł czynić stary latarnik przez całe niemal życie.

Któregoś wieczoru, podczas pobytu w latarni Max odkrył, że Alicja wraca na plażę, na której stała niegdyś chatka Rolanda. Przychodziła sama, siadała na brzegu i potrafiła tak przesiedzieć całe godziny, w zupełnej ciszy, zapatrzona w morze. Już nie rozmawiali ze sobą tak wiele jak w dni, które przeżyli wspólnie z Rolandem. Alicja nigdy ani słowem nie wspominała o tym, co zaszło owej tragicznej nocy, a Max od pierwszej chwili szanował jej milczenie. Kiedy nadeszły ostatnie dni września, zwiastujące rychłe nadejście jesieni, Max miał wrażenie, że widmo Księcia Mgły rozpłynęło się ostatecznie jak zły sen w świetle dnia.

Obserwując zamyśloną siostrę na plaży, chłopiec często przypominał sobie słowa Rolanda, który wyznał mu kiedyś, iż boi się, że to jego ostatnie lato w miasteczku – dostał przecież wezwanie do wojska. Teraz, chociaż nigdy nie rozmawiał o tym z siostrą, Max był pewien, że wspomnienie Rolanda oraz tego lata, kiedy odkryli razem istnienie magii, będzie im ciągle towarzyszyć i sprawi, że na zawsze pozostaną sobie bliscy.